CW01486680

FIÈVRE CYBORG

PROGRAMME DES ÉPOUSES
INTERSTELLAIRES: LA COLONIE - 5

GRACE GOODWIN

BULLETIN FRANÇAISE

REJOIGNEZ MA LISTE DE CONTACTS POUR ÊTRE DANS LES
PREMIERS A CONNAÎTRE LES NOUVELLES SORTIES, OBTENIR
DES TARIFS PREFERENTIELS ET DES EXTRAITS

Cliquez ici

1

*K*ira Dahl, Instructrice de l'Académie de la Coalition, la Colonie, Base 3, les Arènes

J'AI REMARQUÉ la façon dont tu salives en le voyant. Je te comprends, cet Atlan est hyper sexy.

Entendre ces mots avec l'adorable accent allemand de mon amie faillit me faire éclater de rire. Mes années de discipline me sauvèrent la mise.

Je me retournai et jetai un regard noir à Melody, lui lançai ma célèbre expression aux yeux plissés. En fait, c'était mon expression de fliquette qui voulait dire *Me-Fais-Pas-Chier*, mais ça, elle l'ignorait. Ce regard fonctionnait plutôt bien dans les rues de Toronto, mais Melody était une amie, et apparemment, mon expression meurtrière ne lui faisait ni chaud ni froid.

Elle jeta un regard au guerrier atlan sur le point de se battre dans l'arène, puis à moi, avec son air doux et innocent bien trop familier.

« Quoi ? reprit-elle. Ne me dis pas que j'ai tort. Tu le mates comme si c'était un buffet à volonté terrien. »

Je me détournai de la scène qui se jouait sous nos yeux, en pinçant les lèvres et en espérant que mes joues n'étaient pas devenues rouge vif. J'avais beau refuser de l'admettre, mon amie terrienne – et élève officière confirmée – avait raison. L'Atlan était un beau spécimen, effectivement. Grand, ténébreux et beau n'étaient pas des mots suffisants pour lui rendre justice. Il devait faire près de deux mètres quinze, avec un physique qui me disait qu'il aurait pu battre les plus grands sportifs terriens. Mais comme il était debout – sans tee-shirt, j'ajouterais – dans une arène, il avait les muscles gonflés d'un homme qui avait survécu à des batailles sans pitié. À la guerre. À la dévastation. Il avait des cicatrices, et elles me mettaient dans tous mes états. C'était tellement sexy. J'avais envie de passer la langue dessus.

Il avait des parties cyborgs, comme les autres hommes de la Colonie : ses deux bras étaient couverts de circuits argentés et d'implants musculaires. Il avait une épaisse cicatrice à l'arrière de la nuque, mais j'ignorais si elle lui avait été causée par la Ruche ou pas la guerre. Après près d'un an à emmener les recrues de la Coalition sur la Colonie pour les entraîner, j'avais l'habitude de voir les parties argentées des guerriers qui y vivaient. Je n'étais plus surprise lorsqu'un guerrier avait la chair parcourue d'argent. Les implants ne m'évoquaient rien d'autre que des preuves de bravoure. Le guerrier s'était battu contre la Ruche, avait lutté de toutes ses forces et avait survécu. Tous les habitants de cette planète avaient fait la même chose, et je respectais tous les guerriers qui s'y trouvaient.

Mais cet Atlan mettait mon corps en alerte. Je ne voyais pas ses jambes, car elles étaient couvertes par un pantalon, mais son dos et son torse étaient nus. Des muscles parfaits que j'avais envie de toucher. De lécher. De caresser. D'embrasser.

Mon corps se mit à vibrer d'un désir surprenant. Ma libido hibernait, ses derniers temps ; en tant qu'instructrice, je ne pouvais pas fraterniser avec les élèves de l'Académie de la Coalition, même si je n'avais que quelques années de plus que la plupart des nouvelles recrues. Me retenir n'avait pas été un problème. Et comme les autres instructeurs et dirigeants ne me faisaient aucun effet, l'interdiction était plutôt facile à suivre. Mais en regardant l'Atlan, je me léchai les lèvres. Règlement ou pas, j'avais envie d'y goûter.

« S'il est comme ça en temps normal, je me demande à quoi il ressemble en mode bestial, » ajouta Melody en me murmurant à l'oreille.

Elle me montra l'Atlan, qui faisait les cent pas au bout de l'arène en observant son adversaire, les poings serrés. Cela faisait ressortir les muscles et les tendons de ses avant-bras. Bon sang. Lui, en mode bestial ? Plus grand, plus baraqué, plus dominant ? Intense. Impitoyable.

Mon sexe me hurlait : *oui, pitié !* Et le combat n'avait même pas encore commencé. L'intérêt que je lui portais était très... élémentaire. Viscéral. Je ne connaissais pas son nom, ou son histoire. Il ne m'avait pas emmenée au cinéma ou au restaurant, et pourtant, j'avais envie de lui. Une attirance instantanée. Pas comme ce que j'avais entendu dire sur les Everiens et leurs compagnes marquées. Ce n'était pas intense au point de m'empêcher de fonctionner normalement. Mais l'un de mes élèves everiens avait dû abandonner au milieu de l'année parce que sa marque s'était réveillée, et qu'il avait perdu tout intérêt ou concentration, seulement déterminé à traquer sa compagne et à la revendiquer.

Ce que je voulais avec ce beau gosse, c'était... un coup d'un soir, quelque chose comme ça. Quelque chose de sexy et sauvage. De rapide et primitif. J'étais une vraie coquine, mais tout en moi me hurlait de me déshabiller et de lui sauter dessus. Sans même savoir son nom ? Ma chatte s'en fichait. Elle voulait un orgasme, et mon corps avait décidé que c'était ce guerrier atlan qui me le donnerait.

Son adversaire, d'après sa peau caramel et ses traits anguleux, était un Prillon. Il arpentait l'autre côté de l'arène et parlait avec d'autres hommes, pour discuter stratégie, sans doute. Il était plus petit que l'Atlan, mais il faisait quand même dans les deux mètres de haut. Deux extraterrestres baraqués allaient s'affronter dans les célèbres arènes. Vu la foule qui les regardait depuis les sièges qui formaient un demi-cercle autour de la zone de combat, c'était un spectacle. La rumeur qui s'élevait dans la salle était assommante. Tous les gens que j'avais rencontrés sur cette planète étaient passionnés, à cause de leur histoire avec la Ruche, certainement. Les combattants avaient de la rage et de la souffrance à extérioriser, et les arènes – même en tant que simples spectateurs – le leur permettaient.

« Tu sais ce qu'on dit, reprit Melody. La taille des mains est un bon indicateur de la taille de sa... »

Je ris et je lui plaquai une main sur la bouche pour étouffer le reste de sa phrase. Elle agita les sourcils. Mon regard soi-disant intimidant ne marchait pas très bien.

« Allez, ça suffit, » dis-je.

Melody et mon sexe me disaient une chose – saute sur ce géant –, et mon cerveau me disait tout le contraire.

Melody pinça les lèvres, mais je voyais bien qu'elle mourait d'envie d'en dire plus. Notre amitié dépassait largement notre relation instructrice/élève. Nous venions toutes les deux de la Terre, les seules de toute l'académie, cette année. Elle était Allemande et j'étais Canadienne, mais nous avions beaucoup de choses en commun. Surtout que

nous nous trouvions à l'autre bout de la galaxie. Son entraînement à l'Académie de la Coalition était presque terminé,
et elle serait affectée à une unité de combat après la remise
des diplômes. J'étais instructrice, la plus jeune que l'Académie ait jamais comptée. Vu mon âge, j'avais plus en
commun avec les élèves qu'avec les autres instructeurs.

Et Melody ? Elle était pleine d'humour, et je l'adorais.
Elle n'avait pas souvent l'occasion de me taquiner – nous
n'avions pas beaucoup de temps libre, et il y avait un protocole à suivre – et elle s'en donnait à cœur joie. Vraiment.

Il était rare que nous ne soyons pas sur Zioria. Les excur-
sions hors planète avaient lieu lors des dernières semaines
de l'année, et seulement avec ceux qui étaient sur le point
de recevoir leurs diplômes. C'était notre dernière occasion
de simuler des batailles à grande échelle et de tenter de
préparer les élèves pour ce qui les attendait. Il y avait
quelques autres instructeurs humains, des anciens mili-
taires ou membres de la CIA pour la plupart. Stratégie.
Armes. Nous appelions les nouvelles recrues naïves et agres-
sives des *zygotes*. Des bébés. Tous. Venus de toutes les
planètes. Ils ignoraient complètement dans quoi ils
mettaient les pieds.

Pas nous. Nous savions ce qui se trouvait dans l'espace.
Je faisais partie du Centre de Renseignements depuis plus
de trois ans. Mon rôle d'instructrice n'était qu'une couverture pour des opérations à risque. Mais je devais m'occuper
de ces recrues et je prenais mon travail au sérieux. Mieux on
les entraînait, moins ils courraient le risque de mourir.

C'était pour cela que nous nous trouvions sur la Colonie, à simuler des missions avec nos élèves bientôt diplômés.
Mais cette phase de la formation était terminée, et le groupe
avait la soirée pour se détendre. *J'avais* la soirée pour *me*
détendre.

Ou pour me taper un Atlan.

« C'est vrai qu'il est sexy, » dis-je en me mordillant la lèvre.

Quand Melody leva les yeux au ciel, j'ajoutai :

« Bon, d'accord. Il est absolument sublime, si on aime les géants ténébreux. Ce qui est mon cas. »

Je soupirai. *Oh, c'est vraiment mon cas.*

« Rien ne t'interdit de coucher avec une bête atlanne, répondit-elle.

— On est sur la Colonie pour s'entraîner dans les grottes, » lui rappelai-je.

Ma spécialité, c'était les opérations furtives. Entrer et sortir sans se faire repérer. Dans l'esprit des guerriers, s'ils se faisaient capturer, c'était fini. Personne ne viendrait les chercher. Et dans quatre-vingt-dix-neuf pour cent des cas, c'était vrai. Mais pour le pour cent restant, il y avait le CR. Le Centre de Renseignements. Par équipes de deux ou trois personnes, nous allions récupérer des cibles de haut niveau.

C'était un travail dangereux, mais important. Nous ne pouvions pas laisser la Ruche pénétrer dans l'esprit de l'un des membres du CR. Nous en savions trop. Sur trop de choses.

Deux guerriers longèrent notre rang, et nous nous levâmes pour les laisser passer. C'était deux guerriers prillons. Ils nous regardèrent comme si nous étions des pâtisseries appétissantes et s'assirent non loin de nous, à ma gauche.

Je faisais une overdose de testostérone. Trop de guerriers sexy. Nous étions encerclés, littéralement.

Le duo prillon me dévisageait, s'assurait que je sache qu'ils étaient intéressés. Mais je n'avais d'yeux que pour le guerrier atlan. Il était sublime. Tout mon corps était en chaleur en le regardant. Bon sang, qu'est-ce qu'il était *sexy !*

Je n'avais croisé que quelques Atlans. Ils restaient entre eux à l'Académie, et leurs instructeurs étaient eux aussi d'énormes guerriers atlans, au cas où l'un des élèves perdrait le contrôle de sa bête pendant l'entraînement.

Les femmes atlannes n'entraient pas en mode bestiale et ne se battaient pas dans les rangs de la Coalition, un fait sur lequel je refusais d'avoir une opinion. Je savais que les Atlans mâles étaient grands, protecteurs, dominateurs – bien dotés.

Le frisson qui me parcourut le corps n'avait rien à voir avec les guerriers prillons qui se décalaient vers moi, et tout à voir avec le jeu d'ombres sur les abdos de l'Atlan. J'avais envie de les lécher, puis de descendre...

« L'entraînement est terminé depuis deux heures, » disait Melody.

Pourquoi continuait-elle de parler ?

Elle s'enfonça dans son siège et continua de bavasser, sans remarquer les guerriers prillons et l'intérêt évident qu'ils nous portaient.

« C'est toi qui nous as accordé ce temps libre et qui nous as dit de nous amuser un peu pour notre dernière soirée sur cette planète. Notre transport pour rejoindre l'Académie est seulement prévu pour demain. Tu as *toute* la nuit. »

Elle se pencha vers moi et me donna un petit coup d'épaule.

D'autres spectateurs emplirent les gradins, jusqu'à ce qu'ils débordent presque. Ils portaient tous l'uniforme correspondant au rang qu'ils avaient eu dans l'armée avant d'arriver sur la Colonie. Chaque guerrier était couvert d'une armure de guerre légère, la plupart d'entre elles grise et noire pour permettre de passer inaperçu lors des combats dans l'espace. Melody et moi étions les seules à porter des uniformes de l'Académie, le sien gris, le mien noir, indiquant mon rôle d'instructrice.

« Je ne cherche pas de compagnon, » répondis-je.

Absolument pas. Les hommes compliquaient tout. Ils étaient égoïstes. Autoritaires. Chiants. De vrais cons. Ou en tout cas, les hommes que j'avais côtoyés sur Terre étaient ainsi. C'était pour cette raison que j'avais évité les hommes depuis que j'étais dans l'espace, même les extraterrestres canons que j'avais croisés en travaillant pour l'Académie et lors de mes missions secrètes pour le CR. Les guerriers du CR n'étaient pas égoïstes, mais ils étaient autoritaires et dominateurs, difficiles à gérer dans le cadre d'une relation sentimentale.

Je n'avais pas besoin qu'un homme me dise ce que je pouvais ou ne pouvais pas faire. Je n'étais pas prête à me caser et à pondre des gamins avec un extraterrestre alors que des gens avaient besoin de moi, des gens que je pouvais sauver.

Contrairement à mes parents, que je n'avais pas pu sauver.

« Qui a parlé d'avoir un compagnon ? Je croyais qu'on parlait de sexe débridé, ici, ma sœur. Et il *transpire* la sexytude.

— Si je voulais un compagnon, je me serais inscrite pour le Programme des Épouses Interstellaires, m'entêtai-je.

— D'accord, mais tu as quand même déjà eu un copain ? Sur terre ? Au moins une fois ? »

Je haussai les épaules. La Terre, c'était derrière moi. Ce que j'avais vécu là-bas n'avait rien à voir avec la vie que je menais à présent. Même si je n'avais jamais vu de spécimen masculin aussi réussi que l'Atlan de l'arène.

La foule se mit à applaudir de concert. Beaucoup de personnes se levèrent, certaines la main plaquée sur la bouche, et poussèrent des exclamations. Les deux guerriers qui s'affrontaient se mirent à arpenter l'arène d'avant en arrière. Je ne savais pas comment fonctionnaient les combats, ici, je ne connaissais pas les règles. Il n'y avait pas de ring, pas de cordes, pas de tabouret dans un coin. Il n'y avait pas non plus de dentiers ou de casques. Pas d'arbitre.

« Alors ? me demanda Melody, et je me souvins de sa première question.

— Oui, j'ai eu quelques coups d'un soir, répondis-je d'un ton qui sous-entendait que le contraire aurait été bizarre. Rien de trop sauvage. »

Elle rit et me montra l'Atlan, qui se dirigeait vers le centre de l'arène.

« C'est parce que sur Terre, rien n'est aussi sauvage que lui. »

Elle s'éventa avec sa main.

Non, en effet.

Les deux guerriers gardaient leurs distances, à environ deux mètres l'un de l'autre, et se mirent à se tourner autour. Je voyais les muscles du dos de l'Atlan se serrer, ses épaules se contracter, puis se détendre alors qu'il agitait les bras. Malgré sa taille et son poids, ses pieds ne faisaient aucun bruit sur la terre battue, rien à voir avec les petits nouveaux de l'Académie, avec leurs joues roses et leur envie de prouver leur courage et leur intelligence supposés. Non, ces hommes avaient affronté la Ruche de près, avaient vu tellement d'horreurs qu'ils étaient sans doute désabusés, sombres et impitoyables.

Le guerrier prillon était beau à sa façon. Grand. Musclé. Mais je le remarquais à peine. Je n'arrivais pas à détacher les yeux de l'Atlan.

D'après mon entraînement au sein de la Coalition, je savais qu'ils se mesuraient du regard, qu'ils cherchaient à découvrir les forces et les faiblesses de l'adversaire grâce à de petits indices. Ils se parlaient, et leurs voix graves de baryton me contractèrent le sexe. Sa voix. Bon sang. Je me penchai en avant pour tenter de comprendre leurs mots. Les menaces. Les défis qu'ils se lançaient.

En général, je n'étais pas du genre à *aimer* la violence, mais je dus me frapper les cuisses avec mes poings pour m'empêcher de me lever et de crier à l'Atlan de massacrer le Prillon. Je savais que mon Atlan serait impressionnant. Sa taille. Sa force. L'intensité dans ses yeux. Je voulais qu'il soit puissant. Je voulais qu'il soit fabuleux. Ce besoin était surprenant, mais il courait dans mon sang comme un léger courant électrique. Comme un pouls. Et je ne pouvais pas détourner les yeux.

Je retins mon souffle et attendis le premier coup. Ça allait être un sacré affrontement.

L'Atlan nous faisait de nouveau face. Ses yeux étaient braqués sur son adversaire, comme des lasers. Sa jambe gauche était en avant, sa main gauche levée, la paume ouverte, sa main droite plus basse pour protéger son ventre.

« Oui ! Vas-y, vas-y ! Frappe-le ! »

Les mots avaient quitté ma bouche avec une violence étonnante. J'avais envie d'entendre son poing heurter la chair du Prillon. Je me demandais si je ne perdais pas un peu la tête, si je n'étais pas en train de m'emballer à cause du stress de ces derniers mois, mais j'étais déchaînée. Complètement hors de contrôle. La satisfaction que m'apporterait le fait de voir mon Atlan réduire son adversaire en miettes m'était *nécessaire*.

C'était aussi ce que désirait ma chatte, si chaude et mouillée que je me contractais de désir, comme s'il s'agissait de préliminaires et non pas d'un combat dans l'arène d'une planète-prison extraterrestre.

Pour une raison inconnue, il détourna les yeux et regarda vers les gradins. Il sourit et dit quelque chose à l'autre combattant. Je n'avais pas besoin d'entendre ses mots pour savoir qu'il s'agissait d'une provocation. Je savais que ses paroles m'auraient excitée.

Il regarda de nouveau le public, mais cette fois, ses yeux croisèrent mon regard.

Et le soutinrent.

Mon cœur s'arrêta de battre un instant. C'était une drôle de sensation, comme passer un dos d'âne en voiture, la sensation de chute qui vous chauffe la peau, qui couvre votre front frais de sueur.

« Nom de Dieu, » marmonna Melody.

Je la sentis m'agripper le coude, enfoncer ses doigts dans ma chair, mais je ne tournai pas la tête. J'en étais incapable.

Ces yeux noirs me regardaient. Me voyaient. Me clouaient sur place. Mon souffle était coincé dans mes poumons. Mes seins étaient chauds et lourds, et je ne pouvais pas bouger.

« Euh, Dahl, il te regarde. »

Sans blague.

L'Atlan, visiblement tiré de sa stupeur – ce qui était ridicule, car mon uniforme sobre et mes cheveux tirés dans leur queue de cheval habituelle n'avaient rien de très sexy –, se remit en mouvement et tourna de nouveau autour de son adversaire, mais sans cesser de me regarder.

Moi !

« Il va se faire assommer, s'il ne se concentre pas sur son combat, » murmurai-je.

Je me mordis la lèvre soudain inquiète pour le grand guerrier. Ce n'était vraiment pas le moment d'être déconcentré.

Mes ovaires aimaient que je constitue une distraction,

cependant. Mon sexe se contracta, et mes tétons durcirent sous son regard. Seigneur, c'était puissant. Était-ce ce que les Everiens ressentaient lorsque leurs marques se réveillaient ?

Non, ce n'était pas la même chose. Je ne le sentais pas dans mon âme. Je le sentais dans mes parties féminines. Toutes sans exception. C'était du désir pur. Il m'excitait. J'avais envie de lui. Pas pour le garder, mais pour me débarrasser de ce désir irrépressible. Et s'il était grand *partout,* comme Melody l'avait dit en plaisantant, j'allais bien m'amuser.

J'avais douze heures de libres, sans la moindre obligation. Rien à enseigner, aucune mission à effectuer pour le CR. Rien que du temps libre pour me permettre de soulager ce besoin qui grandissait en moi à chaque seconde. Et je voulais que cet Atlan s'en occupe pour moi.

S'il ne finissait pas à l'infirmerie d'abord.

Le Prillon poussa un hurlement et attaqua. Je pris une inspiration alors qu'il chargeait, les poings tendus. L'Atlan ne me quitta pas des yeux, pas avant le dernier moment, quand il donna un coup de poing à la vitesse de l'éclair.

Le bruit d'os brisés résonna malgré le vacarme de la foule. Du sang gicla du nez du Prillon alors qu'il tombait par terre, comme un séquoia dans la forêt. Il ne leva pas les bras pour amortir sa chute, ce qui voulait dire qu'il avait été assommé sur le coup.

Un coup de poing. Ça avait suffi à mettre fin au combat.

L'Atlan prit une grande inspiration, puis souffla, et je regardai ses tablettes de chocolat onduler. Il jeta un bref regard au Prillon, puis à l'équipe médicale, qui se précipitait déjà vers le guerrier à terre, avant de me regarder à nouveau.

Il traversa l'arène à grands pas, jusqu'au bord des gradins, droit vers moi, comme si nous étions reliés par un câble.

La foule se sépara comme la Mer Rouge devant Moïse, et tout le monde se retourna pour voir ce qui avait attiré l'attention de l'Atlan. Derrière lui, le Prillon se faisait soigner, et je vis qu'il était en train de reprendre connaissance, la terre tachée par son sang. Sa mâchoire avait un drôle d'angle, visiblement cassée.

Aïe.

« Euh, Dahl, il te mate vraiment. »

Je jetai un regard aux autres membres de l'assistance, qui me regardaient également.

Lorsque je tournai de nouveau les yeux vers l'Atlan, il avait la main levée et agitait l'index. Pour me dire de venir.

Je déglutis. Était-ce vraiment à moi qu'il faisait signe ?

Je regardai autour de moi. Tout le monde me dévisageait, attendait de voir ce que j'allais faire.

Eh merde. C'était bien moi. Je n'étais pas en train d'halluciner.

Melody me poussa en avant, et je trébuchai.

« Vas-y ma fille ! » me dit-elle.

Je descendis sur le gradin inférieur, plus près de lui et jetai un regard en arrière à Melody. Elle avait un sourire espiègle au visage.

« Ne fais rien que je n'oserais faire moi-même, dit-elle. Enfin, non en fait, fais tout ce que je ne ferais pas. »

Elle hocha la tête pour me rassurer et m'encourager à rejoindre l'Atlan.

Je me léchai les lèvres et regardai de nouveau le guerrier. Oh, oui, j'avais envie de lui, et visiblement, c'était réciproque.

Sa peau était couverte d'une fine pellicule de sueur qui ne faisait que souligner chacun de ses muscles ondulants. Il retourna sa main, paume vers le haut, me disant sans un mot de la prendre dans la mienne.

Je descendis les gradins, l'un après l'autre, jusqu'à me tenir devant lui. Il était tellement grand, plus de trente centimètres de plus que moi voire quarante.

Il devait exsuder des phéromones, car tout ce que je voulais faire, c'était lui lécher le cou et goûter à sa peau salée. Passer mes paumes sur son torse, lui déboutonner son pantalon. Saisir son sexe, le caresser. Le dominer.

Je voulais le posséder. Le toucher. Le chevaucher. Je le voulais tout entier, rien que pour moi. Je voulais qu'il m'emplisse. Qu'il me fasse le supplier. Qu'il me fasse jouir grâce à son énorme...

Il leva les doigts pour me caresser la joue, et je retins mon souffle. Sa douce caresse était étonnante, vu sa taille.

« Mienne, » dit-il d'une voix forte, comme s'il voulait annoncer à toute l'assistante que je n'étais plus sur le marché.

Je pensai à l'expression déconfite que devaient avoir les deux Prillons derrière moi et je ravalai un sourire.

Pour l'instant, pour la soirée, il était tout à moi.

Alors je plaçai ma main dans la sienne, prête à passer la nuit avec un Atlan – et sa bête, je l'espérais.

2

*S*eigneur de Guerre Anghar, la Colonie

MA BÊTE ENRAGEAIT. Le Prillon qui se tenait devant moi dans l'arène n'avait pas choisi de second pour se battre à ses côtés. Soit il était idiot, soit il n'avait pas passé assez de temps sur la Colonie pour en choisir un.

J'aurais parié sur la deuxième solution. Je le voyais dans ses yeux. Le besoin de se déchaîner.

De blesser.

Il voulait se battre. Sans se retenir. Je connaissais cette sensation, ce besoin désespéré de frapper, à coups de poing comme à coups de pied.

De blesser. De faire verser du sang. De sentir quelque chose de réel.

L'excitation du combat me manquait, l'euphorie de la victoire.

Lorsque nous combattions la Ruche, nous comptions

pour la Coalition. Nous protégions les autres. Nous accomplissions une tâche importante.

Mais maintenant ? Nous comptions les jours et nous luttions contre l'ennui à chaque instant éveillé. Nous n'avions plus de raison d'être. Nous n'étions plus rien, et c'était comme avaler une lame. Ça faisait mal, du début à la fin.

« Je vais te faire saigner, Seigneur de Guerre. »

Le Prillon haletait, impatient que le combat commence. Ses poings étaient serrés, son torse épais et musclé. La colère et l'anticipation bouillonnaient en lui.

Ce défi, cette distraction étaient les bienvenus. La seule chose qui me faisait plus envie que de passer quelques heures dans l'arène, c'était une chatte chaude et juteuse. Une compagne qui me supplierait de la baiser. De la goûter. De l'emplir de ma semence. Ma bête bondit en moi à cette pensée.

Mais il n'y avait pas d'Épouse pour moi. Il n'y en aurait jamais. J'avais passé le test du Programme des Épouses plus de trois ans plus tôt, sans résultat. En fait, je pensais que l'interdiction d'avoir une compagne quand on était contaminé était une bonne idée. Nous n'étions pas complets. Nous ne le serions jamais. Non que mon opinion ait une quelconque importance. La plupart des guerriers de la Colonie s'étaient soumis au Protocole du Programme des Épouses quand le Prime Nial avait levé l'interdiction pour les exilés de la Colonie il y a plus d'un an. Et les compagnes arrivées sur la Base 3 se comptaient sur les doigts d'une main.

Ce n'était pas parce que les contaminés avaient l'autorisation de s'accoupler qu'il y avait de l'espoir pour nous.

Les Épouses étaient rares, ici. Certains disaient que leur présence donnait de l'espoir aux autres guerriers. Mais j'avais toujours été du genre réaliste. Il n'était pas possible de me sauver. Aucune femme douce et belle ne méritait le monstre que je portais en moi. Il était trop sauvage. Je doutais même que les légendaires bracelets d'accouplement atlans puissent maîtriser la bête qui m'habitait.

La Ruche m'avait trop pris. Elle m'avait forcé à me mettre en mode bestial et m'avait torturé pendant des jours. Elle avait fini par réussir à nous briser, ma bête et moi, et j'en avais toujours honte.

J'aurais dû les obliger à me tuer. Et quand Seth Mills en avait eu l'occasion, il ne l'avait pas fait non plus, il m'avait refusé une mort paisible. Et à présent, je vivais. Et je me battais. Pas pour me sauver ou tuer, pas contre la Ruche qui en avait toujours après nous tous, mais dans une arène sur une planète désolée, avec d'autres guerriers exilés. Pas pour sauver des gens, mais pour rompre la monotonie de cette nouvelle existence.

Si j'étais moins con, j'aurais mis fin à mes jours. Mais malgré toutes les pensées noires qui tournaient en boucle dans mon cerveau, j'étais un survivant. Je l'avais toujours été. Espoir ou pas espoir, je m'accrocherais jusqu'au bout, jusqu'à ce que ma bête enrage et qu'ils soient forcés de m'exécuter. J'étais trop têtu pour mourir.

« Putain d'Atlan. Qu'est-ce que tu attends ? »

Le Prillon faisait les cent pas devant moi. Autour de moi. Son regard était empli de terreur, de rage et de haine, pour lui-même. Nous ne faisions plus qu'un en cet instant, et je savais que mon regard était identique au sien. Brisés. Nous étions brisés, tous les deux.

« Tu ne peux pas me battre, Prillon. Mais ça, tu le sais déjà, non ? Ce n'est pas pour ça que tu es là. »

Je savais que c'était la vérité. Il *voulait* souffrir. Attaquer sans se retenir. Il ne pouvait pas me tuer. Pas sans un autre guerrier prillon pour l'aider. Et je ne le tuerais pas. C'était un guerrier, un soldat honorable qui avait survécu aux mêmes horreurs que moi. Les combats à mort étaient interdits dans l'arène, alors se battre contre moi était la chose qui s'en rapprochait le plus. Mais je pouvais lui faire du mal. Le faire saigner.

Lui faire ressentir quelque chose.

Encore deux pas. Trois. Des voix nous criaient des encouragements, mais un son attira l'attention de ma bête, et mon regard se leva pour passer la foule en revue avant que j'aie pu analyser mon instinct. Je ne quittais jamais un adversaire des yeux. C'était une erreur de débutant. Une erreur stupide. Mais je n'avais pas le choix. Ma bête me força la main.

C'était une voix de femme.

Ma bête se réveilla et cria pratiquement alors qu'un feu me courait dans les veines et que mon sexe durcissait.

Je secouai la tête, tentant de chasser mon besoin impérieux de traquer cette voix. De la revendiquer.

Il fallait que je l'ignore. Ce n'était pas ma compagne. C'était impossible.

Je n'en avais pas.

C'était aussi pour cette raison que ma bête était à cran. J'avais peu d'espoir de tenir assez longtemps pour découvrir une compagne que ma bête voudrait revendiquer. De tous les seigneurs de guerre présents ici, seul Braun comprenait le monstre que j'avais en moi et qui luttait pour se libérer. Chaque instant me demandait de la discipline. Chaque pas. Chaque inspiration. Ma bête bouillonnait, et je la maîtrisais avec une poigne de fer, ma volonté la seule chose qui se tenait entre moi et une exécution.

Les arènes m'aidaient à apaiser une partie de l'agitation de ma bête, sa *faim*. Mais mon passage aux mains de la

Ruche n'avait pas réduit la fureur de ma bête, contrairement au seigneur de guerre Rezzer.

La peur d'être incapable de résister aux ordres de la Ruche n'avait fait que me mettre plus à cran. Ma lutte interne contre l'ennemi était constante. Le Prillon qui se tenait devant moi était une façon de me défouler, et j'avais l'intention de lui mettre la pâtée. De le mettre en charpie. De laisser ma bête s'amuser un peu. De lui donner ce qu'il voulait.

Je vis la rage et le désespoir dans les yeux dorés du guerrier prillon. Il était nouveau ici, il était seulement arrivé la veille. Je ne connaissais pas son nom, mais je n'en avais pas besoin. Je reconnaissais sa fureur, sa colère étouffée. Comme tous les guerriers présents. Comme tous les bannis qui se trouvaient sur la Colonie non pas par choix, mais parce qu'ils avaient été *contaminés* par la technologie de la Ruche. Capturés. Torturés. *Modifiés*.

Nos peuples d'origine ne voulaient plus de nous, les peuples pour lesquels nous avions tout sacrifié. Nous étions devenus trop dangereux.

Moi, surtout.

J'avais envie de détester la loi qui disait que tous les guerriers contaminés devaient passer le reste de leurs vies ici, à travailler dans les mines ou à protéger ceux qui le faisaient, mais j'en étais incapable. C'était la vérité. Nous étions bel et bien dangereux. Instables. Les implants de la Ruche avaient de drôles d'effets sur certains guerriers. Et d'autres, comme moi, n'arrivaient jamais vraiment à les sortir de notre tête. Dans mon cas, le bourdonnement constant n'avait jamais disparu. Pas même ici, sur la planète dont les systèmes de défense étaient conçus pour brouiller les fréquences de communication de la Ruche.

Mais de toute façon, d'après ce que j'avais entendu, la

Ruche était ici, certains de ses membres cachés dans les grottes souterraines. Un jour, le moment de rendre des comptes viendrait, et je les pourchasserai, je les tuerai. Les déchiqueter à mains nues me ferait vraiment plaisir. Mise à part la chatte chaude et mouillée d'une compagne – ce que je n'avais aucune chance d'avoir un jour –, tuer des membres de la Ruche était mon obsession.

Malheureusement, le gouverneur Rone, le guerrier prillon dur à cuire qui dirigeait la Base 3, ne pensait pas que me lâcher dans les grottes était une bonne idée. Pas même pour entraîner les nouvelles recrues de l'Académie de la Coalition. Le programme d'entraînement était expérimental, les grottes situées sous la surface une simulation parfaite de plusieurs planètes où avaient lieu des combats contre la Ruche.

Le gouverneur avait raison. Au premier signe d'un membre de la Ruche ou de leur chef sur la Colonie, le guerrier prillon et sale traître nommé Krael, ma bête prendrait le dessus. Je ne pourrais pas revenir en arrière ni me maîtriser.

Par les dieux, je ne pouvais même pas essayer. Je les éviscérerais à mains nues et je pousserais des cris de joie en le faisant.

Portée par ces idées guerrières, ma bête se déploya en moi, impatiente et puissante. Je la repoussai. Je luttai pour garder le contrôle. Je me concentrai sur la menace que j'avais sous les yeux. Sur son visage. Ses poings. Ses pas légers sur la terre battue. Ce n'était pas un jeune guerrier inexpérimenté. C'était un guerrier prillon au sommet de son art. Fort. Rapide. Redoutable. Et il venait d'échapper à l'enfer de la Ruche.

Ça ne suffirait pas à lui éviter une bonne raclée, mais au moins, le combat serait intéressant.

Nous continuâmes de nous tourner autour, prêts.

Je l'entendis encore. Mon sexe déjà dur se contracta douloureusement.

La bête me griffa les entrailles, luttant pour se libérer. Pas pour battre le Prillon. Pour elle.

Ma bête la voulait elle.

Putain.

Que les dieux me viennent en aide si c'était la compagne d'un guerrier de la Colonie ou une jeune élève innocente.

Je continuai de regarder le Prillon du coin de l'œil et parcourus de nouveau la foule des yeux. Je la trouvai.

Je m'immobilisai. Cessai de respirer.

Par les dieux, qu'elle était belle ! Ses cheveux dorés étaient tirés en arrière, et mon premier instinct fut de les libérer. Ses yeux étaient comme des glaciers, trop bleus pour être vrais. Et elle était humaine. Je reconnaissais cette espèce, car j'avais rencontré la compagne du gouverneur, Rachel, et parce que la guerrière qui m'avait sauvé la vie avant que je vienne ici, l'une des personnes les plus courageuses que j'avais rencontrées, était une terrienne. Une terrienne qui avait gagné ma confiance et mon respect. La commandante Chloé Phan.

Mais Chloé avait les yeux bruns. Les cheveux noirs. Et elle était petite et accouplée à un guerrier prillon et un humain que je respectais, l'humain qui m'avait sauvé la vie, le capitaine Seth Mills. J'avais su d'instinct que la commandante sans peur ne m'appartenait pas. Ma bête ne s'était pas intéressée à elle comme compagne potentielle.

L'humaine présente dans les gradins était complètement différente.

Fascinante.

Chacune de ses courbes était parfaitement soulignée par un uniforme noir et moulant, l'uniforme de l'Académie de la Coalition de Zioria. Ses cheveux blonds et ses yeux d'un bleu liquide me donnaient l'impression d'être en chute libre. Ses lèvres étaient rose pâle, et elle était grande. Toute en courbes. Ses seins étaient généreux et seraient parfaits dans mes mains. Dans ma bouche. Je me demandai quel goût avait sa peau. Ses baisers. Ses fluides sur ma langue quand je la ferais crier de plaisir.

Ce n'était plus une enfant, mais une femme qui savait ce qu'elle voulait.

Nos regards se croisèrent. Se soutinrent.

Le guerrier prillon me tournait autour. Je l'ignorai. Il n'avait plus aucun intérêt à mes yeux. Ma bête avait d'autres priorités. Si mon adversaire voulait saigner, il allait devoir se trouver quelqu'un d'autre.

Je voulais cette femme. Et d'après son regard qui s'attardait sur moi, je savais qu'elle ne pourrait pas me résister.

Elle était à moi.

Le Prillon chargea, mais je n'étais plus d'humeur à me battre. Je voulais baiser. Goûter.

Revendiquer.

J'avais prévu de jouer avec le guerrier, de le laisser me frapper deux ou trois fois, me faire saigner, se fatiguer un peu avant que je l'achève. Mais je n'étais plus d'humeur à lui donner ce qu'il voulait.

Je laissai la bête bondir un instant et donnai un grand coup de poing au Prillon alors qu'il me frappait au torse. Mon poing entra en contact avec sa mâchoire et je sentis un os craquer, je sus qu'il allait devoir passer quelques heures dans une capsule ReGen pour que les médecins s'assurent qu'il n'avait pas de séquelles cérébrales.

Il tomba par terre, inconscient, et je jetai un regard à l'équipe médicale pour m'assurer qu'ils arrivaient. Ils avaient attendu ce moment. Tout ça, c'était la routine, pour eux, ils savaient comment ça se finirait, mais ils s'étaient attendus à ce que je joue un peu avec ma proie avant de l'assommer.

La foule était partagée. La moitié des guerriers applaudissait, et bon nombre d'entre eux me huaient parce que je les avais privés d'un bon spectacle. Je m'en fichais. Seule une personne m'importait dans cette foule. Je levai les yeux et la retrouvai dans l'assistance.

Elle était accompagnée d'une autre femme, et visiblement, elles parlaient de moi.

Tant mieux.

Je ne voulais pas qu'elle pense à qui que ce soit d'autre. Qu'elle *voie* qui que ce soit d'autre.

Le Prillon se roula par terre en grognant alors qu'il faisait bouger sa mâchoire. Je passai devant lui pour rejoindre la femme. Il ne m'intéressait plus. Il ne se tenait plus en travers de mon chemin. Et ce que je désirais se trouvait droit devant moi.

Je m'approchai. Pour une fois, ma bête coopéra, en parfaite harmonie avec ce que je voulais. Nous la désirions tous les deux. Nue. Bouillante. Ouverte. Prête à recevoir ce que nous voulions lui donner. La baiser vite et fort. Lui faire perdre le contrôle. La pousser à tout nous donner.

J'atteignis le bord de l'arène et je levai les yeux vers elle. Son regard bleu restait braqué sur moi, et j'agitai l'index. Elle savait. Elle savait ce que je voulais. Elle. Nous savions tous les deux ce qui allait se passer. Je lisais le même désir dans ses yeux.

Elle jeta un regard à son amie, et sa peau délicate prit une curieuse teinte rose. Elle se mordilla la lèvre et se tourna de nouveau vers moi. Je tendis la main et attendis. Patient. Elle viendrait à moi. L'attirance qu'il y avait entre nous était élémentaire. Trop forte pour qu'elle puisse y résister. Mon sexe était dur, une douleur constante. Pour elle. Rien que pour elle.

Dieux merci, elle ne me fit pas attendre longtemps. La foule s'était tue, et les autres guerriers et les élèves la regardaient avec fascination alors qu'elle descendait les marches et qu'elle s'arrêtait devant moi, assez proche pour que je puisse la toucher.

Avec douceur et lenteur, une révérence que je ne me croyais pas capable de ressentir, je levai la main pour caresser sa joue lisse du bout des doigts.

Le contact m'envoya comme une décharge électrique, plus agréable que n'importe quel combat, que n'importe quelle victoire. Ma bête était déchaînée, elle luttait contre ma peau, mon esprit, exigeant de la goûter. De la toucher. De l'emplir de sa semence. Mes pensées se tournèrent vers les bracelets d'accouplement que j'avais dans mon appartement, et je sus ce que ma bête voulait. Ce que nous voulions tous les deux. Le miracle que je venais de trouver.

Ma compagne.

« Mienne. »

Les mots m'avaient échappé alors que moi et ma bête nous assurions que tous les guerriers présents entendraient mon serment. *Mienne.* J'avais fait part de ma revendication à toute l'assistance. Si quelqu'un d'autre la touchait, lui faisait du mal ou tentait de me l'arracher, je le détruirais. De façon beaucoup plus impitoyable qu'avec le Prillon au milieu de l'arène.

Je passai les bras au-dessus de la balustrade et la soulevai. Elle se laissa faire et passa les jambes par-dessus la barrière, qui lui arrivait à la taille. Alors qu'elle allait poser les pieds par terre, je la soulevai et la serrai contre mon torse.

Mienne. Mienne. Mienne.

Cette pensée me consuma jusqu'à ce que je ne puisse plus parler. Plus penser. Que les dieux me viennent en aide. Si elle me résistait, j'aurais du mal à contrôler la bête qui se trouvait en moi. Elle était complètement déchaînée. Je savais que si elle me repoussait, m'éloigner d'elle serait la seule chose que je pourrais faire.

Elle *allait* me repousser. Je n'étais pas digne d'être un compagnon, mais ma bête n'était pas d'accord, surtout maintenant que je la tenais dans mes bras. Mais je ferais l'effort de la laisser partir. Pour son bien. Et ensuite, les autres seraient obligés de m'exécuter. De mettre fin à mes putains de souffrances, parce que maintenant que je l'avais dans mes bras, je savais que je ne pourrais jamais renoncer à elle sans perdre la tête.

Ma bête en avait marre d'attendre, et j'en avais marre de lutter contre elle.

J'allongeai le pas. Les couloirs étaient vides, car tout le monde se trouvait aux arènes à se préparer pour le prochain affrontement, ou dans le nouveau jardin où la plupart d'entre nous mangions pour pouvoir regarder les enfants et nous sentir de nouveau normaux. Pour ne plus avoir l'impression d'être des monstres.

« Où est-ce que tu m'emmènes ? »

Sa question posée à voix basse apaisa une part de ma folie, et je m'éclaircis la gorge pour pouvoir lui répondre. Je ne voulais pas l'effrayer. Elle n'avait rien dit avant cette question. En fait, elle se trouvait dans mes bras, la joue pressée contre mon torse, ses bras autour de mon cou comme si elle était à sa place.

C'était le cas.

« Dans ma chambre. »

Son petit rire était sexy comme tout, et mon sexe se contracta. J'étais convaincu qu'elle pouvait sentir mon érec-

tion contre sa hanche. Tant mieux. Elle savait ce qui l'attendait, savait l'effet qu'elle avait sur moi. Je me demandais si je
l'affectais de la même manière, si ses tétons étaient durcis,
son sexe, trempé.

« Elle est loin, ta chambre ? demanda-t-elle d'une voix
haletante. Parce que tu es chaud comme une baraque à
frites, et je n'ai vraiment pas envie d'attendre. »

Ses ongles m'agrippaient les épaules.

Chaud comme une baraque à frites ? J'ignorais ce que
voulait dire cette expression terrienne, même avec mon
implant de langage, mais cela semblait flatteur. Quant à ce
qu'elle avait dit ensuite...

Ma bête rugit en moi, et je n'avais plus aucune chance de
la maîtriser.

Elle avait envie de moi.

Tout de suite.

Mon appartement était trop loin.

Oui. Trop loin.

Un instant plus tard, je l'avais plaquée contre le mur, ses
poignets relevés au-dessus de sa tête alors que je lui tenais
les fesses de ma main droite. La bête prit le dessus, mes
muscles grandirent, mon corps explosa pour s'étendre. Pour
devenir plus grand. Plus fort. Plus rapide. Je pressai mon
érection contre son sexe chaud. Je ne m'étais pas trompé.
J'étais sûr de ce que je voulais. De ce qu'il me fallait.

Tout de suite.

J'étais avide. Par les dieux. J'avais faim d'elle.

Ses yeux étaient écarquillés alors qu'elle me regardait
des pieds à la tête. Alors qu'elle me regardait me transformer sous l'effet qu'elle me faisait. Mes trente centimètres
supplémentaires. Ma mâchoire carrée. Mes épaules deux
fois plus larges que les siennes. Nous étions tous les deux
essoufflés, nos lèvres si proches que je parvenais à goûter sa

douce haleine sur ma langue. L'odeur de sa peau envahit mes poumons, et je sus que je n'arriverais jamais à me la sortir de la tête, que je n'oublierais jamais ce moment.

« Comment tu t'appelles ? » demanda-t-elle, la tête levée pour pouvoir me regarder.

Quand j'étais en mode bestial, elle était beaucoup plus petite que moi.

« Angh, » répondis-je en la soulevant.

J'avais une main sous ses fesses et ma jambe entre ses cuisses pour que nos regards soient presque à la même hauteur. Je sentais la chaleur de son sexe sur ma jambe.

« Moi, c'est Kira. »

Son prénom était simple. Direct. Féminin. Il lui allait bien. Kira. Le nom de ma compagne était *Kira.* Je clignai des yeux et soutins son regard, en attendant qu'elle s'habitue à la présence de ma bête, en plus de la mienne. En attendant que ses yeux passent du désir à la peur. À la répulsion. J'attendis qu'elle me repousse, qu'elle m'oblige à la reposer pour pouvoir partir en criant. J'attendais le mot qui me condamnerait : non.

Et pourtant, alors que les secondes s'égrenaient, il ne se passa rien de tout cela. Elle haletait. Ses yeux s'assombrirent, comme l'orage le plus violent sur ma planète d'origine. Ses joues prirent une teinte rose vif ravissante : la couleur de son sexe, selon mon imagination. Je me gorgeais de chaque détail. Je grognai lorsque sa langue sortit et qu'elle lécha ses lèvres pleines.

« Alors, c'est ça le mode bestial ? »

Son regard me parcourut avec un plaisir évident, puis s'attarda sur mon torse nu. Sur mon cou. Les lèvres.

« J'en ai entendu parler, poursuivit-elle. J'ai lu des choses là-dessus. Seigneur. C'est... Tu es... Ouah. »

Elle sourit, son premier sourire, et tout en moi se figea.

Mes bourses me faisaient mal, mon sexe dégoulinait de liquide pré-séminal impossible à contenir. En un instant, j'étais devenu sien.

« Envie de toi. »

Trois mots c'était tout ce dont j'étais capable, et je les avais grognés. Ma chambre se trouvait à l'autre bout de la base, à deux étages et à près d'un kilomètre de couloirs plus loin. Elle aurait tout aussi bien pu se trouver sur une autre planète. Je ne tiendrais jamais jusque-là. Pas maintenant. Impossible. Je ne savais même pas si j'arriverais à marcher avec une érection pareille, vu la manière dont elle continuait d'enfler contre ma cuisse.

« Ici ? demanda-t-elle.

— Maintenant. »

Je déplaçai ma jambe et pressai ma cuisse contre son clitoris, caché par son uniforme. Elle poussa une exclamation, la tête renversée en arrière contre le mur alors qu'elle bougeait en rythme avec moi, en ondulant des hanches et en se frottant à ma jambe, prenant le plaisir qu'elle voulait.

Je n'avais jamais rien vu d'aussi beau.

« D'accord. Maintenant. Seigneur, tu es tellement sexy. Tellement sexy. Oui. J'ai envie de toi. »

Elle leva les jambes et les passa autour de mes hanches, puis elle se figea. Je me tins immobile, tel un prédateur, dans l'attente, mon sexe désormais parfaitement aligné pour me glisser dans sa chatte, si seulement nos vêtements ne s'étaient pas mis en travers de mon chemin. Sa confession murmurée était rauque, comme si elle avait du mal à respirer.

« Je n'ai pas l'habitude de faire ça, dit-elle. Seigneur, je ne sais pas ce qui me prend. Je... »

Je l'interrompis d'un baiser.

Notre premier baiser.

Notre *dernier* premier baiser.

Son goût me consuma. Je la dévorai, plongeant profondément la langue en elle pour savourer son goût sucré, pour avaler son gémissement satisfait. Elle était exquise. Unique. Soumise. Ce que j'exigeais, elle me le donnait. Elle me laissait me noyer en elle, blottie dans mes bras. Elle m'embrassa en retour, sans retenue. Elle prenait tout autant qu'elle donnait, aussi avide que moi.

C'était le paradis. Un paradis que je n'aurais jamais pensé explorer.

Ses tétons étaient durs sous son uniforme. Sa chaleur mouillée flotta jusqu'à moi, et la bête sentit son excitation alors que je déboutonnais son pantalon et le faisais glisser le long de ses jambes, qu'elle avait dépliées pour me laisser faire.

Ce dont j'avais besoin.

« Oh, mon Dieu, oui. »

Elle ondula et plia les genoux sur sa poitrine pour me donner accès à son centre. Son pantalon était en accordéon sur ses cuisses, mais son sexe était juste là. Ouvert. Son odeur me frappa avec plus de force que n'importe quel coup dans l'arène.

Je glissai un doigt entre ses replis doux pour la pénétrer.

Elle était parfaite. Chaude. Trempée. Prête. Mon intrusion lui arracha un cri et elle se tordit en contractant ses parois internes comme pour m'aspirer en elle. Comme si elle en voulait plus.

« Kira, grogna la bête alors que je lui maintenais les poignets et que je libérais mon sexe, mes doigts trempés par son désir.

— Angh. »

Elle cambra le dos, avançant le bassin vers moi, exigeant que je l'emplisse. Que je la baise. Je n'avais jamais vu quelqu'un comme elle. J'ignorais qu'une femme aussi désirable existait. Je n'aurais rien pu lui refuser.

Je m'enfonçai doucement en elle. J'étais tellement imposant. En mode bestial, mon sexe allait l'étirer, l'emplir profondément. Je ne voulais pas lui faire de mal.

Son vagin se contracta sur mon gland comme un poing, et elle se cambra, lutta contre l'emprise que j'avais sur ses poignets. Je me figeai, par peur de lui faire mal. Plutôt mourir que de lui faire du mal.

Elle ouvrit les yeux et croisa mon regard.

« C'est tellement bon. Ne t'arrête pas. Pitié, ne t'arrête pas. »

Tremblant, à présent, j'avançai les hanches pour l'étirer. Elle était si chaude. Si mouillée. Ses parois internes ondulèrent en réponse, alors qu'elle s'ajustait à mon sexe de bête. La bête frissonna à cette sensation, apaisée. Satisfaite de se concentrer sur notre compagne. De la baiser. De l'emplir de notre semence. De la marquer. De la revendiquer.

« Mienne. »

J'en voulais plus.

Je me penchai et l'embrassai encore alors que je plongeais en elle et restais en place, contre son col de l'utérus, où j'implanterais ma semence et ma revendication. Je la maintins en place, une main sur son échine, et soutenant son poids. Je ne voulais pas qu'elle se préoccupe de quoi que ce soit d'autre que des sensations que je lui faisais vivre. Je la soulevai sur mon sexe et frottai son petit corps sur le mien alors que je la baisais avec mon membre et ma langue. J'étais en elle. Je la pénétrais. Je la goûtais. Les bruits mouillés de nos ébats emplirent le couloir, nos souffles haletants pour seul autre son.

Mienne.

Je me retirai et m'enfonçai à nouveau profondément.

J'avalai son cri alors que son sexe se contractait autour du mien et que son corps me donnait ce que je voulais. Un abandon total.

Elle jouit en moins d'une minute en ondulant et en se cambrant sauvagement dans mes bras. Elle se lâchait complètement. Elle ne cachait pas son plaisir. La regarder était fantastique, et voir le plaisir pur sur son visage fit bondir ma bête, me contracta le sexe et les bourses. Savoir que j'allais pouvoir lui donner orgasme après orgasme, savoir qu'elle était mienne, me mis dans tous mes états.

Le poing serré de sa chatte sur mon membre me fit jouir, et je levai la tête avec un rugissement alors que ma semence jaillissait en elle. La moitié de la base devait m'entendre, mais je m'en foutais. Elle était à moi, et j'étais fier que tout le monde sache que ma compagne était si parfaite qu'elle me donnait un plaisir exquis.

Durant de longues secondes, je la tins contre moi, profondément enfoncé en elle, toujours en érection. Du sperme s'échappait encore de mon sexe. C'était comme si j'en avais fait des réserves pour elle, pour son utérus.

Je m'attendais à ce que ma bête s'efface, mais elle persistait. Exigeante. Pleine de désir. Elle n'avait pas terminé. Un petit coup vite fait n'était pas ce que voulait la bête. Elle voulait lui passer nos bracelets d'accouplement aux poignets.

Je posai mon front contre le sien et luttai pour trouver mes mots.

« Encore. »

Elle rit, un son plein de bonheur. Elle hocha la tête et dit :

« Il faut vraiment que ça soit dans le couloir ? »

Je poussai un grognement et me retirai de sa chaleur mouillée, mon sexe très déçu de devoir rentrer dans mon pantalon. Je reculai juste assez pour qu'elle puisse mettre de l'ordre dans ses vêtements, et ma bête n'aima pas la voir se couvrir à nouveau. Mais savoir que ma semence était en elle lui suffisait. Pour l'instant.

« Nue. »

Merde. Elle allait croire que j'étais un animal grossier. Mais c'était la bête qui commandait, maintenant, et elle était passionnée. Je ne pourrais pas la contrôler tant que je ne serais pas devenu sien. Complètement. Officiellement. J'avais besoin d'avoir des bracelets d'accouplement aux poignets, que la vue des bracelets me rappelle que j'appartenais à Kira, désormais. J'aurais besoin de la décharge que me causerait une séparation pour m'aider à maîtriser la bête. Nous avions besoin de nous souvenir que nous avions quelqu'un à protéger, aimer, servir. La bête et l'homme avaient besoin d'une raison de continuer de se battre.

Kira me tendit la main, comme je l'avais fait dans l'arène. Elle était tout ébouriffée, à présent, bien baisée. Son front était en sueur, ses cheveux blonds humides à cause de nos ébats, ses joues étaient roses, ses lèvres rouges et gonflées. Tout cela prouvait ma revendication.

Je ne pris pas sa main. Au lieu de cela, je la soulevai dans mes bras une nouvelle fois et l'emportai avec moi.

3

*K*ira, la Colonie, Appartements d'Angh

« Tᴜ ᴇs ʀᴇ́ᴠᴇɪʟʟᴇ́ᴇ, » dit Angh, sa voix ensommeillée un doux murmure à mon oreille.

Nous étions collés l'un à l'autre dans son grand lit, ma tête posée sur son biceps imposant, son autre bras autour de ma taille, sa main sur mon sein nu. Je sentais chaque centimètre de son corps musclé contre mon dos, même ses jambes, pliées et collées aux miennes.

Je souris dans la pièce sombre.

« Toi aussi, » dis-je en me tortillant contre son érection grandissante enfoncée dans mon dos.

Il poussa un grognement et changea de position pour que son sexe glisse contre la raie de mes fesses, puis entre mes jambes pour écarter mes petites lèvres et se frotter à ma chaleur. Je me mis immédiatement à mouiller. J'étais prête.

« Encore ? » demandai-je en me léchant les lèvres.

J'avais un peu mal à l'entrejambe. Comment aurait-il pu en être autrement ? Les sexes des Atlans étaient énormes, plus grands que ceux de n'importe quelle star du porno terrienne, et en mode bestial, c'était encore pire. Ce simple souvenir me porta plus près de l'orgasme.

C'est pour cela que quand nous étions entrés dans sa chambre, il m'avait emmenée dans sa douche – la cabine était très spacieuse, adaptée à sa bête, sans doute – et m'avait nettoyée de la tête aux pieds, puis il s'était laissé tomber à genoux et m'avait fait jouir avec sa bouche.

Dire qu'Angh maniait sa langue aussi bien que son énorme sexe aurait été un euphémisme.

Et dire qu'il était vorace ? Les trois orgasmes qu'il m'avait donnés sous le jet d'eau chaude avant que mes genoux cèdent en étaient la preuve.

« Ma queue sera toujours partante, tant que tu seras en ma présence, tant que j'aurais ton goût sur ma langue, la chaleur de ta chatte sur mon membre, ton odeur dans les poumons. »

C'était un véritable homme des cavernes, et j'adorais ça. Ce n'était pas qu'une simple nuit de sexe. Le lien qu'il y avait entre nous était indescriptible. Allongée là, à sommeiller dans son étreinte, était parfait. Ça n'avait rien de bizarre. Je n'étais pas en train de me demander si j'avais fait une erreur ou si j'arriverais à me faufiler hors de chez lui sans le réveiller. Je pourrais garder la tête haute. Je ne regrettais pas un seul instant du temps que nous avions passé ensemble. Et j'adorais savoir que je l'excitais, que son sexe serait perpétuellement en érection en ma présence.

C'était entêtant, et cela me donnait un sentiment de puissance. Moi, petite humaine que j'étais, je pouvais mettre une bête atlanne à genoux. Et c'était justement ce que j'avais fait, sous la douche.

Je gloussai. Jusqu'à ce qu'il me soulève la jambe avec sa cuisse et qu'il se glisse en moi par-derrière.

« Angh... »

je tournai la tête contre son biceps et le mordis légèrement alors qu'il me pénétrait, qu'il m'étirait. Son odeur était partout, et j'étais si sensible que quand sa main passa de mon téton à mon ventre, puis à mon clitoris, mon sexe se contracta et l'orgasme me submergea avant qu'il puisse finir son premier va-et-vient.

Il me caressa deux fois. Trois fois. Jusqu'à ce que je sois tremblante et toute molle, satisfaite de le laisser arriver à ses fins. Encore.

Angh changea de position, se retirant malgré mon gémissement de protestation. Il me fit rouler sur le dos et me regarda.

« Lumières, dix pour cent, » dit-il, et l'unité de communication de la pièce ajouta un peu de luminosité aux appliques murales.

Ses yeux sombres rencontrèrent les miens. Jamais un homme ne m'avait regardée avec une telle intensité, avec tant de concentration et de désir. Il me *voulait*.

C'était de la folie. Je ne pouvais pas l'avoir. Enfin, je pouvais l'avoir *maintenant*. Dans sa chambre, dans son lit – même dans sa douche –, mais c'était tout. Je pouvais savourer son membre énorme tant que j'étais sur la Colonie. Faire une réserve d'orgasmes. Quand j'avais dit à Melody que je ne voulais pas de compagnon, c'était la vérité. Je n'en cherchais pas, je n'avais même pas envisagé cette possibilité.

J'étais instructrice. Je pouvais être accouplée et garder mon emploi. L'Académie de la Coalition n'y verrait pas d'inconvénient ; dans le cas contraire, elle n'aurait pas beaucoup d'instructeurs vikens et encore moins d'Everiens, qui ne pouvaient pas être séparés de leurs compagnes ou compagnons. Les Prillons avaient leurs colliers pour rester connectés. Personne ne voulait avoir affaire à un guerrier prillon en colère. Et une bête atlanne non accouplée avec assez d'expérience pour maîtriser ses jeunes élèves ? Impossible.

Mais pour ce qui était de mon travail pour le CR, c'était une autre histoire. Avoir un compagnon était dangereux. Non seulement l'ennemi pouvait se servir de ce lien avec une autre personne contre nous, mais le taux de mortalité était élevé. D'accord, il était élevé pour tous les combattants, mais les missions auxquelles je participais étaient dangereuses. Si nous échouions, nous ne pouvions plus rentrer chez nous. Nous nous aventurions souvent derrière les lignes ennemies, et nos missions étaient souvent top secrètes, inconnues de la Coalition. Il n'y avait aucune trace de ce que nous faisions.

Mon travail *n'existait pas.*

« Tu es magnifique, Kira, dit Angh en me caressant les cheveux et en m'effleurant la joue avec son pouce à chaque passage. Magnifique, courageuse et parfaite. »

Ouah. Rien que ça. Je fronçai les sourcils, et il passa la main sur mon front pour le dérider.

« Toi aussi, » répondis-je.

C'était l'évidence même. Il était magnifique. La perfection au masculin.

« Non, compagne. Je te *veux.* La vraie toi. Je veux tout savoir sur toi. »

Je me léchai les lèvres en entendant cela. Je ne savais pas quoi répondre. Il y avait beaucoup de choses que je ne pouvais pas lui dire. Genre, la moitié de ma vie.

« Ma bête est contente de toi, » ajouta-t-il.

Je souris, peu habituée à être avec un homme contrôlé par un... animal intérieur, dans les moments *intimes*, en tout cas. En cet instant, la bête s'était retirée, et Angh avait repris sa taille normale, bien qu'il reste gigantesque. Mais il était capable d'aligner plus de trois mots. De parler au lieu de grogner.

« Tant mieux, répondis-je. Moi aussi, je suis contente de ta bête. Surtout de ce truc qu'elle... »

Angh me fit taire d'un baiser. Ce n'était pas un simple bisou rapide, mais un assaut. Je haletai, et il en profita pour chercher ma langue avec la sienne. Il la lécha, la caressa, la ravagea. Il continua son baiser parfait jusqu'à ce que mon cerveau s'embrume, que mon corps se laisse faire et que mon sexe se contracte pour qu'il me donne son membre. *Encore.* Je n'en avais jamais assez.

Ce n'est qu'à ce moment qu'il leva la tête. Il se pencha en arrière et tendit la main pour attraper quelque chose, mais je ne vis pas ce que c'était.

Son torse large m'obstruait la vue. Je frémis lorsqu'il me posa des bracelets en métal sur la poitrine, juste entre mes seins. Ils cliquetèrent les uns contre les autres. Je les regardai monter et descendre à chacune de mes respirations, mes tétons durcis par le froid.

Il en souleva un et se le passa au poignet. Ils ressemblaient aux bracelets de Wonder Woman, mais argentés, larges de plusieurs centimètres. Des tourbillons et des dessins qui semblaient tracés à la main étaient gravés dans le métal.

« Ma bête voit tes courbes généreuses et te désire encore.

— Prends-moi, » le suppliai-je.

Ses yeux s'assombrirent, sa mâchoire se serra et ses narines se dilatèrent alors qu'il m'examinait.

« Tu sais à quel point je suis imposant, à quel point j'emplis ta chatte serrée. Tu n'as même pas pris la queue de ma bête en entier. »

Ça, je l'ignorais. J'étais trop perdue dans mon désir pour lui, et je m'étais sentie *remplie*. Comment pouvait-il y en avoir *plus* ?

« Je te posséderai à nouveau, compagne, mais je dois maîtriser ma bête, ou c'est elle qui te prendra. Qui t'emplira à nouveau. Tu ne pourras pas marcher, demain. »

Je m'imaginai boitiller jusqu'à la salle des transports dans quelques heures. Ce serait la honte intégrale. Que mes élèves sachent que j'avais passé une nuit torride avec un Atlan était une chose – j'étais sûre que certains d'entre eux s'étaient également trouvé un guerrier pour la nuit –, mais grimacer en marchant n'aurait rien à voir. On ne me laisserait jamais l'oublier, pas alors que j'étais l'instructrice de la mission. Il y avait des limites à ne pas franchir, quand on servait de modèles aux élèves, et rentrer en boitant serait inacceptable.

« Les bracelets contrôleront ta bête ? » demandai-je.

J'en avais déjà entendu parler et j'en avais vu sur des instructeurs atlans de l'Académie, mais je ne passais pas beaucoup de temps dans leur zone. Les bêtes restaient entre elles. Elles élisaient leurs propres commandants et formaient leurs propres bataillons. Nous partagions le camp d'entraînement de Zioria, mais c'est tout. Et je n'effectuais jamais de mission pour le CR avec des Atlans. Ils étaient vus comme trop instables, trop imprévisibles. Sauvages.

Surprise, surprise, la sauvagerie, ça me plaisait.

« Oui, répondit-il. J'espère que ta sieste t'a suffi, comme ça, je vais pouvoir te baiser toute la nuit. Femme, prépare-toi à être emplie de ma queue jusqu'à l'aube. »

Ses mots cochons me firent écarquiller les yeux, mais je réalisai que ce n'était pas que de la parlotte, que c'était une promesse. D'un geste souple, il me replaça sur le flanc et s'installa derrière moi. Les trois bracelets restants glissèrent devant moi sur le lit.

Il me plia les genoux et ramena mes cuisses contre ma poitrine, mon sexe mouillé offert. Angh m'ouvrit, son gland installé entre mes replis.

Je poussai une exclamation en le sentant s'enfoncer en moi. Je me contractai sur lui pour tenter de le faire entrer plus profondément, mais il resta immobile. Il attrapa l'autre grand bracelet et le passa autour de son autre poignet avec un clic. Il s'enfonça encore un peu en moi, et les bracelets plus petits disparurent sous les draps chauds. Oubliés.

« Angh, haletai-je en changeant de position et en tentant de le prendre plus profondément.

— Tes bracelets, Kira, sont là, ils t'attendent.

— Les miens ? » demandai-je, à bout de souffle.

Mes pensées étaient tournées vers son gland et rien d'autre. J'ignorais qu'il y avait tant de terminaisons nerveuses délicieuses à l'intérieur de moi, et qu'être prise par une queue imposante – non, gigantesque – les réveillait toutes. J'en voulais plus. Il m'en fallait plus.

« Je ne peux pas te les passer aux poignets. Il fait que tu les enfiles toi-même. Ma bête a envie de les voir sur ton corps, mais tu dois consentir, et choisir librement. Sans y être forcée. »

Je repoussai les bracelets et m'éloignai maladroitement de lui. Il me lâcha – je n'aurais jamais pu me dégager s'il avait voulu que je reste –, et je me mis à genou pour pouvoir le regarder.

« Y être forcée ? Là, je suis forcée de ne pas avoir ta queue en entier, parce que tu refuses de t'enfoncer plus profondément en moi. Je veux que tu me baises. »

Je l'attrapai par les épaules et je l'allongeai sur le dos. Dieux merci, il me laissa faire, car il était gigantesque, et je n'aurais jamais pu le faire bouger d'un cheveu s'il ne l'avait pas voulu. Apparemment, me laisser faire le satisfaisait. Pour l'instant.

Il écarquilla les yeux et sourit.

« Tu es fougueuse, » dit-il en plaçant un bras derrière sa tête.

Il semblait si à l'aise, si détendu, même avec son érection pointée vers le plafond, son gros gland luisant après avoir été enfoncé en moi. Son regard me parcourut, avec lenteur et admiration, et marqua un arrêt sur mes seins avant de s'immobiliser complètement entre mes jambes. Sa bête devait être apaisée, car il ne me sauta pas dessus. Comme ça, Angh était complètement différent. Calme, peut-être même un peu joueur.

Je souris.

« Je suis une instructrice de l'Académie, alors j'aime commander. »

Il eut un petit rire et passa le dos de sa main sur mon téton pour le regarder durcir.

« Tu veux commander ta bête ? »

Oui, il était d'humeur joueuse. C'était à mon tour de l'admirer. Depuis ses cheveux bruns ébouriffés jusqu'à son sourire coquin, en passant par ses épaules larges et les poils de son torse qui descendaient jusqu'à son nombril. Puis ses abdominaux, musclés et spectaculaires. Et en parlant de choses spectaculaires, il y avait l'énorme sexe entre ses jambes et les bourses viriles en dessous. J'eus du mal à ne pas m'y arrêter, mais ses cuisses étaient massives, sans doute plus larges que ma taille. Bien musclées, solides. Robustes. Même ses pieds étaient sexy, et je n'avais pourtant pas d'attirance particulière pour cette partie du corps.

« Oui, c'est ce que je veux, dis-je en me léchant les lèvres. Je te veux toi. »

Mais la question était, par où commencer ?

« Très bien. Fais ce que tu veux, » dit-il.

Je croisai son regard et vis qu'il était sérieux. *Oh, ça allait être marrant.* Angh et sa bête arriveraient-ils à se tenir tranquilles pendant que je m'en donnais à cœur joie ? Que je le stimulais ? Que je le suçais ? Que je jouais, que je le goûtais et que je le chevauchais comme j'en avais envie ? Il était plus grand et plus lourd que moi, et il aurait pu me dominer à n'importe quel moment, s'il l'avait voulu – comme il l'avait fait plus tôt. Mais pour le moment, il avait l'intention de rester immobile et de me laisser mener la danse.

Je me sentais d'humeur coquine, et je me demandai combien de temps il arriverait à tenir. Je comptais bien le découvrir. Je me penchai en avant et lui déposai un rapide baiser plein de douceur sur les lèvres. Je gardai les yeux ouverts et savourai son expression plus tendre. C'était moi qui tenait les rênes, à présent, et cela me plaisait. Follement.

« Tu ne bougeras pas ?

— Non.

— Quoi qu'il arrive ?

— Quoi qu'il arrive. »

Je me mis à genoux et m'approchai de ses hanches.

« On va voir ça, » dis-je juste avant de baisser la tête et de prendre son sexe dans ma bouche.

Il se contracta comme s'il s'était fait électrocuter. Je haletai en réalisant que je ne pourrais pas le prendre en entier dans ma bouche. Si je n'étais pas capable de le prendre en entier dans mon vagin, il ne passerait certainement pas dans ma gorge. J'avais facilement des haut-le-cœur, et je n'avais encore jamais pris quelqu'un dans ma gorge. Alors je plaçai mes mains à la base de son membre, l'une au-dessus de l'autre, et je le caressai avec mes poings et avec ma bouche en même temps.

Il était brûlant et sa peau était douce, mais la façon dont

il gonflait alors que je le léchais et le suçais était entêtante. Du liquide pré-séminal me couvrit la langue alors qu'il se tendait et grognait, qu'il ondulait des hanches et faisait de son mieux pour ne pas me toucher. Je me délectais de sa saveur, de son essence piquante.

« Compagne, tu vas m'achever, et je vais y prendre un grand plaisir. »

Je creusai les joues et le suçai une dernière fois avant de lever la tête et de me lécher les lèvres.

« Tu es mouillée et prête pour ma queue ? » me demanda-t-il.

Je remontai vers sa tête et le dévisageai. La nuit avait été folle, jusqu'à présent. J'avais mis mes inhibitions de côté et ça avait été merveilleux. Je n'avais aucune raison d'arrêter maintenant. Je posai mes mains sur son torse et passai délicatement une jambe au-dessus de lui pour lui chevaucher la poitrine. Nous nous étions lavés, et je me sentais audacieuse. Sauvage. Je n'avais jamais *demandé* à un homme de me lécher, mais ce n'était pas un homme. C'était un Atlan. Une bête. Il semblait plus primitif, d'une certaine façon. Sauvage et brusque, et mes inhibitions étaient aux abonnés absents. Je voulais qu'il me baise avec sa bouche, ses doigts et sa langue. Je voulais l'embrasser et sentir mon désir sur ses lèvres.

Il fronça les sourcils, les yeux levés vers moi. Ses mains étaient toujours derrière sa tête, mais je voyais la lueur argentée de ses bracelets et je fus reconnaissante qu'ils l'aident à se maîtriser afin de me permettre de profiter de ce moment.

Il avait le front couvert de sueur et la mâchoire crispée. Ses yeux sombres étaient emplis de désir. Ses narines étaient dilatées. Son torse se soulevait sous mon corps, et j'aurais juré que ses mains tremblaient. Il se retenait, rien que pour moi, et savoir cela me fit me sentir puissante et coquine. Tellement sexy. Mouillée et prête ? Depuis une éternité, oui ! À présent, j'étais désespérée.

« Je ne sais pas, répondis-je. Et si tu le découvrais toi-même ? »

Je glissai sur sa poitrine pour lui chevaucher le visage, mon sexe à seulement quelques centimètres de ses lèvres, mes genoux là où ses bras s'étaient trouvés, le forçant à les soulever. J'avais une mission en tête.

Ses mains vinrent m'attraper les fesses, et il poussa un grognement.

« Compagne, juste là. Je voudrais mourir comme ça. »

Je n'eus pas le temps de réfléchir, car il me tira vers lui et se mit à me dévorer. C'était le seul terme qui convenait. Sa bouche était avide, sa langue experte. Je plaquai mes mains au mur, car je ne pouvais rien faire d'autre.

« Et moi qui croyais être aux commandes, » murmurai-je juste avant de crier son nom.

Sa réponse fut une léchouille du plat de la langue et un grondement bestial de plaisir. Il me lécha jusqu'à ce que je jouisse, sa langue s'enfonçant profondément dans mon vagin parcouru de spasmes.

Quand je fus à nouveau capable de bouger, je descendis le long de son corps et me saisis de son érection, que je plaçai là où je la voulais, puis je le pris profondément alors qu'il soulevait le bassin. Je me glissai de bas en haut, mes petites mains sur son torse, comme si je pouvais le mainte-nir. Mais il resta immobile, comme promis, et me laissa profiter à fond.

« Ne bougez pas, Seigneur de Guerre. Vous m'apparte-nez, maintenant.

— Je t'appartiens. »

Il leva les hanches pour aller à ma rencontre, et je poussai un halètement en sentant cette pression supplémentaire contre mon utérus, en sentant son corps frotter contre mon clitoris. Je le chevauchai jusqu'à avoir un autre orgasme, et je m'écroulai sur son torse, son sexe toujours profondément enfoncé en moi.

« Je n'en peux plus, dis-je. C'est trop. »

Angh se contenta de rire, et il nous fit rouler tous les deux en faisant des va-et-vient dans un rythme langoureux qui me fit gémir et m'accrocher à ses épaules. À ses cheveux. Je lui passai les jambes autour des hanches et levai les fesses pour le prendre plus profondément. Je le suppliai d'aller plus vite.

Il refusa, me poussant à bout, sans jamais accélérer le rythme, me clouant les hanches au matelas quand je tentai de bouger plus vite.

Sa domination causa ma perte, et ses mains sur mes hanches alors qu'il me baisait me firent perdre la tête. Mon corps explosa. Mon cerveau se transforma en bouillie. Il n'y avait plus de Kira, seulement lui.

Il continua ses coups de reins alors que je jouissais, son sexe frottant contre mon centre frémissant. Impitoyable. Discipliné. Plein de maîtrise.

Mon corps tremblait. Je ne pouvais pas respirer. Je ne pouvais pas réfléchir. Je pouvais seulement sentir son érection m'emplir encore et encore. M'étirer. Me faire sienne. Et le feu m'embrasa de nouveau. Il comprit que je me rendais, que je laissais l'orgasme remonter en moi. De plus en plus.

« Angh ! » l'implorai-je.

Je ne savais pas si je voulais qu'il aille vite ou lentement. Sauvagement ou avec douceur. Je ne savais pas ce qu'il me fallait. Mais il me fallait... quelque chose.

Ses lèvres se posèrent sur mon oreille, sa voix un grondement rauque qui poussa mon sexe à se contracter sur son sexe comme un poing.

« Tu es à moi, Kira. À moi. »

Cette simple déclaration me fit perdre les pédales, et il me regarda comme si j'étais la seule chose qui existait vraiment dans l'univers. Lorsque j'ouvris les yeux, nos regards se croisèrent, et la chaleur, la possessivité que je vis dans ses yeux me fit me sentir plus vulnérable que jamais. Et il continua de bouger. De m'emplir. De me faire gémir et crier son nom. Encore et encore.

La nuit allait être longue.

Il fallait simplement que je m'assure de ne pas rater la téléportation à l'aube. Il fallait que je regagne l'Académie de la Coalition à l'heure. Si je ratais la fenêtre de téléportation, il faudrait que j'attende deux jours avant d'obtenir l'autorisation de voyager à une telle distance, et j'avais une réunion pour discuter de ma mission trente minutes après l'heure annoncée de mon retour. Il fallait que j'y assiste. La vie de quelqu'un en dépendait. Et deux jours de retard, ce serait la honte intégrale. *Désolée, Madame la Vice-amirale, je n'ai pas pu participer à la mission parce que j'étais trop occupée à coucher avec une bête.*

Impossible. Mais vu la manière dont Angh possédait ma chatte, je doutais qu'il me laisse quitter son lit avant un bon moment. Je devrais bientôt partir, mais pas tout de suite. Pour l'instant, je profitais. De lui. De *ça.*

Je lui baissai la tête pour l'embrasser et je le laissai me baiser. M'emplir. Je me laissai croire que je n'étais pas seule dans ce grand méchant univers. Que je comptais aux yeux de quelqu'un.

Non, je n'étais pas pressée de le quitter. Pas encore. Je

cessai de m'inquiéter pour le lendemain et je me laissai aller contre l'Atlan et sa bête.

Le matin était tellement loin.

4

*S*eigneur de Guerre Anghar, la Colonie, Bureau du Gouverneur Maxime

« Exigez leur retour immédiat, » dis-je d'une voix cassante et forte comme un coup de canon.

Je faisais les cent pas dans le bureau du gouverneur, alors qu'un dur à cuire prillon nommé Ryston montait la garde devant la porte. Il avait des implants de la Ruche dans chaque groupe musculaire de son corps. Les implants le rendaient presque aussi fort qu'une bête en colère. C'était le second du gouverneur, et ensemble, ils étaient accouplés à Rachel, que Ryston avait obligée à s'asseoir à cause de sa grossesse bien avancée. Les colliers cuivrés qu'ils portaient autour du cou rendaient ma bête furieuse. C'était le signe du lien qui les unissait, qui les marquait comme compagnons. Je sentais le poids des bracelets d'accouplement à mes poignets, mais ils ne signifiaient rien, vu que l'autre paire pendait à ma ceinture au lieu de se trouver autour des poignets de Kira.

Dieux merci, les bracelets et l'odeur de Kira sur ma peau tenaient ma bête à l'écart. Pour l'instant. La douleur cuisante des bracelets me rappelait qu'elle était à moi.

Kira m'appartenait. C'était ma compagne. Ma bête connaissait la vérité, et moi aussi. J'ignorais pourquoi elle m'avait quitté pendant mon sommeil, mais je le découvrirais. J'exigerais d'obtenir des réponses. Et ensuite, je la baiserais jusqu'à ce qu'elle sache à qui elle appartenait et qu'elle n'en doute plus jamais.

Maxime se tenait en travers de mon chemin. Sa compagne était heureuse et en sécurité, assise à ses côtés avec un collier autour du cou et un enfant dans le ventre. Vu le regard plein de compassion qu'elle me jetait, cette conversation n'allait pas me plaire.

En plus des trois compagnons, était présent l'humain aux yeux d'argent, le lieutenant Washington. Denzel. Il avait la peau foncée, comme un guerrier prillon, mais ses yeux étaient troublants. En métal luisant. Et il avait cinq fois la force d'un guerrier grâce aux autres implants de la Ruche qu'il avait dans le corps. Je ne prêtais pas attention à lui, et il resta silencieux et observateur.

« La fenêtre de téléportation vers Zioria est fermée pendant encore trente-six heures. On en a déjà parlé, me rappela le gouverneur. Je sais que vous voulez retrouver votre compagne, mais je ne peux pas déplacer des planètes pour vous.

— Allez dire ça à ma bête, » rétorquai-je.

Ma bête était en furie. Je ne tenais qu'à un fil, et le Prillon à la peau cuivrée le savait.

Sa compagne aussi.

Rachel se leva, quoiqu'un peu maladroitement à cause

de son énorme ventre, et se dirigea vers moi. Elle était très jolie, plus petite que ma Kira, avec des cheveux bruns et des yeux marron chaleureux. Derrière moi, le Prillon doré, Ryston, se hérissa, mais elle leva la main. Je ne lui ferais jamais de mal. Pas si j'étais aux commandes de mon corps. Mais s'il me touchait ou qu'il tentait de me retenir, je risquais de craquer. C'était peut-être pour cela que Denzel était présent, pour ajouter un troisième guerrier afin de me contrôler si besoin.

Ma bête faillit éclater de rire. *Comme s'ils en étaient capables.*

La petite main que Rachel me plaça sur l'avant-bras était destinée à m'apaiser, mais son contact ne fit que m'agacer. Elle n'était pas à moi. Ce n'était pas Kira.

« Je suis désolée, Angh. Elle ne savait sans doute pas ce que signifiaient les bracelets. Sur terre, on n'explique pas grand-chose aux filles avant que le Programme des Épouses les téléporte ici.

— Ce n'est pas une Épouse Interstellaire, Dame Rone. C'est une instructrice de l'Académie de la Coalition. Il faut que je la rejoigne. J'ai besoin de réponses. »

Les bracelets tout petits de Kira pendaient au crochet fixé à mon armure. Les regarder m'était insupportable et ne faisait que me rappeler qu'elle m'avait rejeté. Qu'elle m'avait quitté, qu'elle s'était faufilée hors de mon lit en pleine nuit et qu'elle avait quitté cette putain de planète. Tout cela symbolisait son rejet. La preuve que j'avais été satisfait et que ma bête était tellement détendue que son départ ne m'avait pas réveillé. En temps normal, je pouvais à peine fermer l'œil à cause du bourdonnement que j'avais dans la tête. Mais cette fois, j'avais bien dormi, et elle s'était enfuie.

D'accord, le groupe avait prévu de se téléporter à cette heure-ci pour regagner l'Académie, et elle était à leur tête, mais elle n'était pas *obligée* de les escorter. Ce n'étaient pas des enfants de maternelle. C'étaient des adultes venus des quatre coins de la galaxie, et ils n'avaient pas besoin que ma compagne les tienne par la main.

Quelle importance pouvait avoir son travail, comparé à un compagnon ? J'avais entendu parler d'Everiens qui avaient tout quitté quand leur marque s'était réveillée. J'avais mis le Prillon de l'arène K.O en un coup de poing parce qu'avec un seul regard vers Kira, j'avais su qu'elle était mienne et j'avais été incapable d'attendre une seconde de plus pour être à ses côtés.

Si elle avait voulu de moi, elle serait restée. Si elle avait voulu de moi, elle aurait enfilé les bracelets d'accouplement. Rachel avait-elle raison ? Ignorait-elle ce qu'ils signifiaient ? Ignorait-elle l'effet que sa fuite aurait sur moi ? Une femme humaine assez intelligente et courageuse pour être instructrice à l'Académie avait-elle pu ignorer cela ?

Mais je ne pouvais m'empêcher de m'accrocher à l'espoir que m'avaient apporté les mots de Rachel, car l'alternative était trop pénible.

Ma compagne n'avait pas voulu de moi. Seul mon sexe l'avait intéressée.

Je lui avais donné du plaisir. Je l'avais baisée sauvagement dans ce foutu couloir. Comment aurait-elle pu ignorer à quel point je la désirais ? Ensuite, quand ma bête avait été rassasiée, je m'étais délectée de sa chatte. Je l'avais poussée à crier et à me supplier, à me chevaucher toute la nuit. Elle avait été satisfaite. Bien baisée. Emplie de semence.

Revendiquée.

J'avais fait le serment de devenir sien. J'avais dit les mots appropriés et j'avais passé les bracelets d'accouplement à mes poignets pour le prouver. Je l'avais lavée et nourrie, avais pris soin d'elle de toutes les façons possibles en si peu de temps. J'avais tout fait pour m'assurer qu'elle prenne du plaisir, pour l'impressionner. Je lui avais montré ma bête et j'avais battu ce Prillon dans l'arène. J'aurais dû être digne d'elle.

Mais apparemment, je ne l'étais pas.

J'étais contaminé. J'avais peut-être raison, avant. La Colonie n'était pas un endroit pour les femmes dignes. Et si elle avait passé les tests du Programme des Épouses et qu'elle avait été appairée à quelqu'un d'autre ? À un guerrier digne de ce nom. Quelqu'un de capable de lui offrir une vie meilleure, loin de la Colonie aride ?

C'était peut-être pour cela qu'elle n'avait pas passé les bracelets à ses poignets. Savait-elle qu'un autre lui correspondait mieux ?

Cette pensée fit enrager ma bête, et je fis un pas en arrière, loin de Rachel. Son contact innocent n'était pas une bonne chose, pas quand ma compagne n'était plus là et qu'à cause de cela, la Fièvre d'Accouplement commençait à m'affecter.

Avec un soupir, Rachel recula, et Ryston se dirigea rapidement vers elle pour l'éloigner de moi, derrière moi. Je savais qu'il l'avait prise dans ses bras et qu'ils observaient la scène alors que je faisais part de mes plans au gouverneur.

Je gardai mon attention fixée sur la seule personne en mesure d'approuver mon voyage. La seule personne en mesure de me tenir éloigné de ma compagne. Je plissai les yeux, et les dents serrées, je dis :

« Je vais la retrouver.

— Vous êtes en pleine Fièvre d'Accouplement. »

L'accusation glaciale venait de derrière moi, pas de Ryston, mais de l'humain, Denzel. Je tournai lentement la tête et croisai son regard d'argent toujours aussi troublant. Ses yeux me rappelaient les Unités d'Intégration de la

Ruche qui m'avaient torturé, qui avaient altéré mon corps, mis ce truc bourdonnant dans mon cerveau. Je ne pourrais jamais oublier qu'ils m'avaient brisé.

Il n'y avait aucune compassion dans le ton de Denzel, et pas de place pour les mensonges.

« Oui, dis-je en hochant la tête, bien qu'il n'ait pas besoin de ma confirmation pour savoir la vérité. J'avais réussi à maintenir la Fièvre à l'écart. Mais Kira l'a réveillée. »

Il hocha la tête et regarda le gouverneur.

« Je l'accompagnerai jusqu'à l'Académie de Zioria. Je l'aiderai à la trouver.

— Et si elle ne veut pas revenir avec vous ? » Me demanda le Gouverneur.

Je poussai un grognement qui emplit le silence.

« Alors je ne reviendrai pas, » dis-je.

Je haussai les épaules. Cette réponse n'était plus douloureuse. J'étais prêt à mourir. Prêt depuis longtemps. Le capitaine Mills, le chef du groupe de reconnaissance avec lequel j'avais travaillé avant d'être intégré par la Ruche, m'avait sauvé alors même que je le suppliais de m'achever. À l'époque, j'étais fichu, et je l'étais toujours. Il n'y avait plus de place pour la peur, pour moi. Mais pour Kira ?

Elle avait peut-être des ennuis en ce moment même. Elle était peut-être blessée. Elle avait peut-être besoin de moi, et j'étais là, à l'autre bout de la galaxie. Elle était hors de ma portée, et la simple possibilité que quelque chose aille mal rendit ma bête folle du besoin de la voir, de la sentir, de la toucher, de la goûter, de s'assurer qu'elle était saine et sauve.

« Non, Angh, c'est… Non ! » dit Rachel, la voix pleine d'une inquiétude dont je n'avais que faire. Il y a forcément un autre moyen !

Ses protestations étaient bien intentionnées, mais j'étais en pleine Fièvre d'Accouplement, et les autres hommes de la pièce savaient ce que cela signifiait. Si je ne retrouvais pas bientôt ma compagne, si elle n'acceptait pas ma revendication, si elle n'enfilait pas volontairement les bracelets pour me permettre de la revendiquer officiellement, à la manière atlanne, je deviendrais un véritable monstre. Une bête cyborg qui aurait perdu les pédales. Une machine à tuer.

Les bracelets que je portais me permettaient de garder le contrôle. Pour l'instant. Mais ils ne pourraient pas maîtriser la bête qui enrageait en moi pendant très longtemps. J'avais besoin de la présence de ma compagne, pour qu'elle apaise ma bête, qu'elle la satisfasse. Je me contrôlerais jusqu'à ce que je sache ce qu'elle ressentait vraiment.

Le gouverneur regarda Denzel.

« Si vous l'accompagnez, ce sera à vous de…. »

Ce sera à vous d'achever le seigneur de guerre Anghar si besoin. Il ne compléta pas sa phrase, mais nous savions tout ce qu'il voulait dire.

Je me retournai pour passer en revue les capacités du guerrier, à la fois mentalement et physiquement.

Nos regards se croisèrent. Le tueur à sang-froid qui me rendit mon regard ne ferait pas de quartiers si nous en arrivions là.

« Il faut que vous lui disiez la vérité, » me dit-il.

Je secouai la tête.

« Non. Je suis prêt à mourir pour elle, pour son bonheur. Je refuse de la manipuler pour qu'elle m'accepte contre son gré. Je ne veux pas d'une compagne qui serait avec moi par pitié. Plutôt mourir. »

Denzel baissa le menton et s'inclina légèrement avec respect.

« Très bien. Je vous accompagnerai. Jusqu'au bout. »

Soulagé, je baissai également la tête pour le remercier.

« Prenez un fusil à ions. Les pistolets ne feraient que me mettre en colère.

— J'en prendrai deux, » dit l'humain, son regard stable. Solide.

Oui, il ferait ce qu'il disait.

Je me tournai de nouveau vers Maxime et haussai un sourcil, les poings serrés.

« Je vais retrouver ma compagne. Le lieutenant peut m'accompagner. Si elle refuse que je la revendique, il fera le nécessaire. »

Le gouverneur nous examina durant une minute. La minute la plus longue de ma vie.

« Très bien. Ces bracelets ne contiendront la Fièvre que temporairement. Trouvez votre compagne, ou que les dieux vous emportent. »

ira, Secteur 437, Groupe de Combat Karter, Aire de Stationnement 9

« EH MERDE ! »

La commandante Chloé Phan retira son casque et le jeta dans la navette avec colère.

« Ça ne fonctionne pas. C'est la troisième fois qu'on y va, et la barrière refuse de céder. »

Chloé était terrienne, comme moi, elle travaillait également pour le CR, et elle était tout mon contraire. Elle était belle et exotique, avec des cheveux lisses et noirs, et des yeux vert foncé. À côté d'elle, j'étais pâle et incolore avec mes cheveux blonds et ma peau laiteuse. Mais elle était humaine, intelligente comme tout, et en cet instant, elle exprimait la rage que je ressentais. Nous étions venues aux abords du Secteur 437 trois fois, maintenant, pour chercher des documents sur l'arme toute nouvelle que la Ruche utilisait pour contrôler l'espace, un réseau invisible de mines si

puissantes qu'elles étaient capables de détruire plusieurs
unités de combat en quelques minutes.

Et c'était justement ce que la Ruche avait fait moins de
deux semaines plus tôt.

Comme les capteurs des vaisseaux de la Coalition
étaient incapables de détecter les mines, un groupe de
combat entier avait été éliminé en une seule journée dans le
Secteur 19. Ils avaient été tout simplement anéantis.

C'est pourquoi le commandant Grigg Zakar était venu
au CR – à l'improviste, ce qui était suicidaire, même pour un
Prillon en colère – pour exiger qu'un agent du CR avec les
implants de cerveau nécessaires soit déployé sur son vaisseau de guerre immédiatement afin d'éviter que son unité
subisse le même sort.

La femme qui l'avait accompagné, Erica James, était
l'une de mes meilleures amies, une hippie *peace and love*
originaire de l'Oregon. Elle était métisse. Sa mère était
hippie, son père scientifique. Elle était hilarante, la
personne la plus étonnante que j'aie rencontrée sur les
lignes de front de notre guerre contre la Ruche.

J'étais persuadée qu'elle faisait déjà des émules dans le
Secteur 17, avec tous ces mâles alpha extraterrestres qui
attendaient qu'elle entende des choses grâce à l'implant
qu'elle avait à la base du crâne. J'avais passé des heures à
sourire en me demandant comment ça se passait pour elle
et comment les guerriers réagissaient face à son obsession
pour la musique disco des années soixante-dix. Je m'imaginai un groupe de seigneurs de guerre atlans en train de
danser sur *Macho Men* des Village People, et je faillis éclater
de rire.

N'importe quoi ! Mais qu'ils dansent ou pas, les guerriers de l'unité Zakar se battaient toujours et étaient
toujours en un seul morceau, alors mon amie avait dû faire

du bon travail. Je n'avais pas non plus entendu parler de groupe de seigneurs de guerre disparus.

Erica accomplissait son travail, mais Chloé et moi subissions des revers. Je tournai de nouveau mon attention sur le présent. Le Secteur 437, et l'unité Karter. Surtout que Chloé avait presque les oreilles qui fumaient. Notre unité connaissait des problèmes. Nous n'étions pas coincés, mais nous ne pouvions pas non plus nous déplacer librement. Nous pouvions nous téléporter en dehors de la zone et la rejoindre par les mêmes moyens. Je pouvais me rendre à mon travail officiel à l'Académie, et nous arrivions à faire venir des provisions, mais tant que nous n'aurions pas abattu cette barrière, notre unité dans son ensemble ne pourrait aller nulle part. C'était comme être coincé dans les bouchons sur l'autoroute parce qu'elle était bloquée par un poids lourd invisible. Personne n'avançait, et comme les voitures continuaient d'arriver derrière, nous étions piégés.

En gros, la Ruche était en train de gagner, et cela ne réjouissait personne.

« Alors on sortira encore et encore jusqu'à ce qu'on trouve ce qu'on cherche, Commandante. »

Le Prillon qui avait parlé était un très beau spécimen, le compagnon de Chloé. Et quand ils étaient au travail, il l'appelait pas son rang hiérarchique. J'adorais la façon qu'il avait de respecter son rang et ses connaissances, alors même qu'il était visiblement dominateur. Je ne connaissais pas grand-chose de son autre compagnon, mais je savais qu'il devait être très couillu, parce que Chloé avait besoin d'un partenaire – de partenaires – avec du caractère, et de la douceur. Selon les coutumes prillonnes, qu'ils respectaient – je n'aurais pas pu rater les colliers prillons qu'ils avaient autour du cou –, elle avait deux compagnons, et elle m'avait dit que l'un d'entre eux était humain, l'autre Prillon. J'igno-

rais comme une telle chose avait bien pu arriver. Deux
partenaires, ça faisait un de trop pour moi. Un Atlan gigantesque suffisait largement à combler tous mes besoins.
J'ignorais si je tiendrais le coup, si j'en avais deux. Je mour-
rais d'une overdose d'orgasmes. Je haussai les épaules inté-
rieurement en me disant qu'il y avait pire comme mort.

Je pensais à Angh, beau, fort et sexy. Ça me brisait
toujours le cœur, même si je savais que la guerre tournait
mal et que je ne pouvais pas rester avec lui. Le laisser
endormi dans son lit avait été l'une des choses les plus dures
que j'avais jamais eu à faire.

« Non, Dorian, c'est hors de question, rétorqua Chloé. Je
ne peux pas faire ça seule. Et elle ne peut pas les entendre,
dit-elle en me pointant du doigt d'un air dégoûté. Désolée,
Kira, mais ta présence ne nous est pas aussi utile que nous le
pensions.

— J'arrive à entendre les Robots, mais rien de plus. Je
suis désolée. »

Je poussai un soupir. Je savais bien que je n'avais été
d'aucune aide lors de cette mission. Je leur avais fait perdre
leur temps. Nous avions découvert qu'en étant deux à avoir
des implants, le son était amplifié. J'étais censée booster le
signal pour Chloé, mais ça n'avait pas marché. Mon implant
n'avait servi à rien. *Je* n'avais servi à rien.

« Je sais, dis-je. J'imagine qu'on devrait s'estimer
heureux que tu aies entendu le trio de la Ruche qui nous
poursuivait à la surface de cet astéroïde. Ça nous a sauvé les
miches. J'étais trop distraite, occupée à chercher des
mines. »

Je nous avais sauvés, mais plus par un coup de chance
que par compétence. Nous avions été pris en embuscade
alors que la Ruche protégeait ses biens face à la menace de
la Coalition. Ce qui signifiait que nous approchions du but.

Mais approcher du but ne servait à rien quand toute une unité pouvait être éliminée en quelques heures. Je les avais entendus arriver et je m'étais fait tirer dans le bras par l'Éclaireur de la Ruche qui avait essayé de m'éliminer. Mais c'était la dernière chose qu'il avait pu accomplir. Je l'avais achevé d'un tir de fusil à ions pendant que Chloé et la vice-amirale s'occupaient de ses deux amis.

Et j'avais essayé, vraiment essayé d'écouter les conversations de la Ruche dans mon esprit, même si c'était perturbant. De temps à autre, je sentais un bourdonnement dans ma tête, mais il se volatilisait avant que je puisse le déchiffrer, avant que je puisse permettre à Chloé de l'entendre. Comme une brise qui murmurerait mon nom avant de disparaître.

« J'essaye, repris-je. Et ils sont juste là. J'arrive à les sentir, à percevoir leur énergie, mais ils restent hors de portée. »

Ce n'était pas comme si je contrôlais cet implant débile. Ou la Ruche, d'ailleurs. J'étais un outil, un morceau d'équipement, pas une personne, lors de ce genre de missions.

« Personne n'a dit que vous ne faisiez pas d'efforts, Capitaine. »

C'était ma supérieure qui avait parlé, une vice-amirale d'Everis, l'une des seules femmes de cette planète que j'avais rencontrées. C'était aussi l'une des seules Chasseuses éveriennes que comptait la Flotte de la Coalition. Elle s'appelait Niobe, et c'était la personne la plus haut-gradée de Zioria. Elle était à la tête de l'Académie de la Coalition et de ses élèves, et c'était l'un des agents secrets du CR sur cette planète. Nous avions effectué des dizaines de missions ensemble, et même si je ne la considérais pas comme une amie, je la respectais, ainsi que son jugement.

« Et vous nous avez sauvés aujourd'hui. Beau travail. On approche du but, ajouta-t-elle.

— Ça fait des mois qu'on approche du but, dit Chloé en se débarrassant de sa combinaison, avant de se dégager quand son compagnon tenta de l'aider. Merci, Dorian. Je gère. J'ai juste besoin d'une minute. »

Il hocha la tête et fit un pas en arrière.

« Tout ce que tu voudras, compagne. Tu n'as qu'à demander. »

Elle lui sourit et lui posa une main sur la joue, et j'enviai leur lien intime. Ça me manquait. Je ne doutais pas que s'il avait un implant, ils auraient été capables de s'accorder pour entendre toutes les communications de la Ruche. Mais ce n'était pas comme ça que ça marchait. Dorian était pilote, un pilote exceptionnel, et écouter les bavardages de la Ruche n'était pas son boulot.

Angh m'avait regardée de la même manière. Il m'avait regardée comme s'il n'arrivait pas à croire que j'étais vraiment là, comme si j'étais le centre du monde. Non, de l'univers. Ou en tout cas, c'est ce que j'avais cru sur le moment.

Mais il s'agissait peut-être d'hallucinations provoquées par tous ces orgasmes.

« Je vais contacter le Dr Helion pour demander qu'un autre membre de l'équipe vous assiste lors de votre prochaine mission, » reprit la vice-amirale Niobe.

Elle avait retiré son équipement et l'avait empilé soigneusement pour l'équipe de nettoyage qui attendait dans un coin. Ils examineraient la navette pour s'assurer qu'il n'y avait pas de technologies de la Ruche à bord. C'était un travail extrêmement important, vu que nous allions devoir repartir. Encore et encore.

Si nous ne trouvions pas un moyen de détruire les mines de la Ruche, nous ne gagnerions jamais de terrain dans ce secteur. Les deux planètes minières, Latiri 4 et Latiri 7 étaient toujours des zones de combats actives. La Flotte de la Coalition avait été obligée de se retirer lorsque les armes explosives avaient été déployées il y a plus de deux ans. Nous avions presque entièrement perdu notre contrôle sur cette zone en l'espace de quelques heures.

Mais la commandante Phan avait sauvé toute notre unité. Toute la Coalition, même, selon moi. Et nous avions beau avoir les implants expérimentaux de la Ruche dans le crâne, pour une raison inconnue, elle arrivait à entendre les mines se *parler* en elles, alors que je n'y parvenais pas. J'arrivais à entendre les Éclaireurs de la Ruche. Leurs Soldats. Mais pas leurs vaisseaux, ni leurs mines.

Ce qui me rendait franchement inutile en cet instant.

Le Dr Helion, le guerrier prillon qui s'occupait des implants cérébraux expérimentaux pour le CR, tentait de corriger cette anomalie, mais pour l'instant, il n'avait trouvé aucune explication logique pour justifier le fait que celui de Chloé marche et pas le mien, à part une explication biologique. Nos cerveaux ne fonctionnaient peut-être pas de la même façon.

Comme toutes les cellules cérébrales étaient différentes, le médecin ne pouvait pas savoir à l'avance qui pourrait les entendre, et qui en serait incapable. Qui pourrait amplifier les sons pour qui. Apparemment, Chloé Phan et moi n'étions pas compatibles.

« Très bien, Madame la Vice-amirale, mais la solution à ce problème se trouve en ce moment même sur la Colonie, à s'ennuyer comme un rat mort, dit Chloé avec la voix d'une guerrière frustrée, mais accompagnée d'une pointe de respect. Je ne suis pas restée ici pour le bien de ma santé. J'allais prendre ma retraite, vivre une existence tranquille sur Prillon Prime. Mais le commandant Karter nous a demandé de rester, alors on est restée. Et maintenant, je vous le dis, on a besoin du seigneur de guerre Anghar. »

Niobe regarda Chloé ranger son armure et son casque avec grand intérêt. Dieu merci, car cela me permit de dissimuler ma réaction déchirante en entendant le nom d'Angh dans la bouche d'une autre femme. Mon cœur s'arrêta de battre un instant, car je savais que j'avais bien entendu. Chloé connaissait Angh ?

« Dites-m'en plus sur cet Atlan, dit Niobe. Il est contaminé ? »

Chloé poussa un soupir.

« Sauf votre respect, Madame la Vice-amirale, c'est un seigneur de guerre décoré qui a survécu à sa capture par la Ruche. Son niveau de contamination n'a pas plus d'importance que sa pointure. »

J'étais d'accord avec Chloé, contente qu'elle ait défendu l'Atlan.

L'obsession qu'avait la Coalition pour le niveau de « contamination » des guerriers qui étaient passés entre les mains de la Ruche ne plaisait pas à la plupart des humains. Mais après tout, nous étions nouveaux dans cette guerre. Les autres planètes de la Coalition se battaient depuis des siècles.

Quand la vice-amirale Niobe inclina légèrement la tête pour admettre son erreur, Chloé poursuivit :

« Oui, il se trouve sur la Colonie. Il a survécu des mois en tant que robot, jusqu'à ce que le capitaine Mills le sauve lors d'une mission de reconnaissance. Des mois, Madame. C'est la personne la plus forte que je connaisse, et pas parce qu'il est Atlan. »

Chloé baissa le menton et leva la main pour la poser sur sa tempe.

« Là-dedans aussi. Il est très fort mentalement, et c'est le seigneur de guerre le plus honorable que je connaisse. Il m'a aidée à sauver ce Secteur, une fois. Je ne vois pas pourquoi il refuserait de nous aider à nouveau.

— Comment ? » demandai-je.

Le mot m'avait échappé. C'était une chose que j'ignorais à propos de l'homme dont je pensais être en train de tomber amoureuse. C'était insensé, car je n'avais passé qu'une nuit avec lui, mais ce que je continuais de ressentir n'avait rien d'habituel. Mon corps souffrait littéralement de son absence. Mon sexe était douloureux, et si quelqu'un m'avait vue nue, il remarquerait que j'étais couverte de suçons et d'autres marques après nos ébats.

En découvrir davantage sur son passé ne m'aidait pas. Il ne faisait que monter dans mon estime. Ce n'était plus un coup d'un soir, à présent. C'était un seigneur de guerre décoré et compétent. Si Chloé se portait garante pour lui, c'était qu'il avait gagné son respect. De la manière dure.

« Comment vous a-t-il aidés ? demandai-je. Il était ici ? »

La vice-amirale Niobe remarqua mon intérêt, et elle braqua le regard sur moi comme si elle pouvait deviner que je venais de passer la nuit avec lui sur la Colonie. Elle savait ce qui se passait à l'Académie, mais j'ignorais si elle savait que j'avais été à la tête du groupe qui s'était rendu sur la Colonie.

« Vous connaissez le seigneur de guerre Anghar ? » me demanda-t-elle.

Je hochai la tête.

« Oui. Je l'ai rencontré pendant la dernière mission d'entraînement sur la Colonie. »

Je ne voulais pas mentir, mais je préférais garder pour moi la partie où je m'étais assise sur son visage et où il m'avait fait jouir avec sa langue.

« C'était il y a moins de deux jours, » dit-elle.

Je hochai encore la tête et balayai les cheveux qui me tombaient sur le visage.

« C'est exact. Je lui ai parlé brièvement avant de partir. »

Et je l'ai baisé. Et j'ai crié son nom. Et je l'ai chevauché jusqu'à tomber dans un sommeil satisfait. Mais elle n'avait pas besoin de savoir tout ça. Et heureusement, car Chloé vint se planter devant moi.

« Comment va-t-il ? me demanda-t-elle, sa voix pleine d'inquiétude. Je ne l'ai pas vu depuis près de deux ans. »

Une vilaine jalousie s'empara de moi, mais je savais que Chloé était accouplée. Très accouplée, à en croire le pilote prillon qui nous accompagnait. J'avais entendu dire qu'ils avaient eu un bébé et qu'ils avaient pris un congé pour s'en occuper. Si elle avait eu un enfant avec ses compagnons prillon et terrien, c'est qu'elle ne craquait pas secrètement sur Angh. Mais la jalousie était une émotion irrationnelle, et je la chassai de mes pensées.

La question de Chloé ne sembla pas déranger son compagnon le moins du monde. Aucune trace de jalousie.

Je haussai les épaules.

« Il va bien, je crois. Il se battait dans les arènes, quand je l'ai rencontré. »

Je jetai un rapide regard au capitaine Dorian Zakar et ajoutai :

« Il a assommé un guerrier prillon d'un seul coup de poing dans la mâchoire. »

Dorian éclata de rire.

« Ça lui ressemble bien. Quand il veut quelque chose, il l'obtient, même si c'est une victoire. »

Le *quelque chose* qu'il avait voulu, c'était moi. Je me contentai de hocher la tête d'un air neutre.

Le sourire de Chloé était plein de soulagement, et elle

recula, permettant enfin à son compagnon de l'enlacer alors qu'elle regardait la vice-amirale.

« Il faut qu'on le ramène ici. Il m'a aidée à détruire le réseau de mines initial. Il nous faut des gens qui puissent d'entendre ces choses, et il en est capable. Vous pouvez me croire. »

La vice-amirale Niobe me regarda.

« Vous lui avez parlé. Vous pensez qu'il est assez stable pour participer à ce genre de mission ? C'est un Atlan. S'il y a le moindre risque qu'il perde le contrôle à cause de la Fièvre d'Accouplement, je préfère le savoir maintenant. La dernière chose qu'il nous faut, c'est une bête atlanne incontrôlable avec une force cyborg. »

Tous les yeux se tournèrent vers moi, et je pensai à Angh. Était-il capable de se maîtriser ? Et qu'est-ce que c'était, cette *Fièvre d'Accouplement* dont elle parlait ? Quand il avait été avec moi, il n'était pas malade. Il était sauvage, avait admis que sa bête se déchaînait, mais c'était parce qu'il était excité, pas malade. Et je les avais rassasiés tous les deux, lui et sa bête. Il n'avait pas la moindre fièvre lorsque j'avais quitté son lit.

« Il est fort, comme l'a dit la commandante Phan, confirmai-je. Je n'ai remarqué aucun signe de maladie. Si on a besoin de lui pour nous aider à détruire le réseau de la Ruche dans ce secteur, je ne vois aucune raison de ne pas faire appel à lui. »

Et peut-être même que nous nous reverrions.

La vice-amirale hocha la tête, sa décision prise.

« Très bien, Commandante, dit-elle en se tournant vers Chloé. Je vais demander à ce qu'il soit transféré au centre de commandement du CR à mon retour sur Zioria.

— Dieu merci, » dit Chloé.

Elle se blottit contre Dorian, et j'eus une drôle de boule

dans la gorge. Ils étaient si à l'aise l'un avec l'autre. Ils se faisaient pleinement confiance. Ça me semblait difficile à croire, irréel, mais je voulais avoir la même chose. Toute cette histoire d'accouplement – cette connexion profonde... à tous les niveaux – n'était pas quelque chose que je comprenais complètement. Mais je rêvais de connaître le même lien que partageaient Dorian et Chloé. Et j'étais persuadée que ce lien était encore plus intense quand leur autre compagnon était avec eux.

C'était ce que je voulais. Je voulais avoir la même chose avec Angh. Mon Atlan. Ma bête. L'imaginer avec une autre femme me donnait envie de hurler. Ça me donnait envie de passer en mode bestial, moi aussi.

Mais s'il était transféré au centre de commandement du CR, ils l'enverraient aux quatre coins de la galaxie. La Ruche déployait de plus en plus de réseaux de mines, et envoyait de plus en plus d'unités pour nous empêcher de gagner du terrain dans cette guerre insensée.

Je le désirais. Il me désirait. Je le savais. Les bracelets d'accouplement qu'il avait placés sur ma poitrine en étaient la preuve. Mais ni lui ni moi n'étions libres de tomber amoureux. Enfin, lui si, mais il fallait que sa compagne vive avec lui sur la Colonie, et je ne pouvais pas faire ça. Je ne pouvais pas tomber amoureuse d'un seigneur de guerre de la Colonie. La vice-amirale était plutôt... souple, mais je doutais qu'elle le soit à ce point.

Nous menions une guerre plus importante que celle de nos cœurs. J'avais bêtement cru que la Coalition avait besoin de moi. Et c'était le cas. Mais en vérité, la Coalition avait besoin de nous deux. Elle avait besoin d'Angh, mais n'avait pas pris en compte ses capacités. Elle l'avait laissé mener une existence fade sur la Colonie. Des milliards de vies dépendaient des gens comme nous, capables d'*entendre* la Ruche et d'aider à trouver un moyen de gagner cette guerre. Et si cela signifiait que nous ne pouvions pas être ensemble, alors ainsi soit-il. Je l'avais abandonné à cause du travail que j'effectuais pour le CR. Mais en vérité, je n'avais jamais vraiment *eu* Anghar.

Nous avions tous les deux une mission à accomplir. S'il voulait toujours de moi, nous allions devoir nous contenter d'instants volés. Trouver des moments pour nous retrouver et nous dire au revoir encore et encore. Rien ne garantissait que nous nous en sortirions tous les deux vivants. Mais je me languissais de lui, de ses baisers et de ses étreintes.

« Maman ! »

Le cri suraigu était tellement incongru sur le vaisseau de guerre que je sursautai. Un bambin avec les yeux verts et les cheveux noirs de sa mère se précipitait vers Chloé, les bras grands écartés et le visage plein de joie. La petite fille ne semblait pas avoir plus de deux ans, ses joues dodues comme celles d'un bébé, et ses adorables petites jambes la portaient le plus vite possible, c'est à dire pas vite du tout. Elle avançait d'un pas maladroit, et j'avais peur qu'elle tombe avant d'atteindre sa mère.

L'attitude de Chloé changea du tout au tout en entendant la voix de sa fille. La guerrière fut remplacée par la mère aimante en un instant. Elle souleva la petite file et la sera contre elle. Elle couvrit les joues de sa fille de baisers alors que cette dernière scandait :

« Maman, maman, maman. »

Tout le monde arrêta de travailler alors que les guerriers se tournaient pour assister à la scène. Dorian se colla à Chloé et prit la petite main de sa fille dans la sienne pour lui embrasser la paume.

« Et ton papa, Dara ? Moi aussi, je veux des bisous. »

La petite fille éclata de rire et tendit les bras à Dorian,

qui la retira à l'étreinte de sa mère pour la couvrir de bisous et de chatouilles jusqu'à ce qu'elle se remette à pousser de petits cris aigus. Le sourire de Chloé était indulgent, et elle était détendue alors que le capitaine Seth Mills, son compagnon humain, venait la prendre dans ses bras pour lui donner un baiser brûlant.

Ouah. Toute cette testostérone me faisait bouillonner le corps alors que je la regardais se blottir dans ses bras.

Elle avait beau être la plus haut-gradée, il ne faisait aucun doute qu'au lit, elle se soumettait joyeusement à ses compagnons. Et les colliers dorés qu'ils portaient tous les trois autour du cou ? Ce n'était pas exactement comme une alliance, mais c'était un signe évident de leur revendication. Ces trois-là formaient une famille. Ils n'étaient jamais seuls. Jamais perdus.

Chloé se dégagea, sa respiration plus haletante qu'avant leur baiser.

« Où est le bébé ? »

Seth lui sourit.

« Ne t'en fais pas, maman poule. Il fait la sieste dans la nursery. Mais elle, dit-il en lui montrant leur fille du menton, elle était avec le commandant Karter, à surveiller les communications pour la mission. Quand elle a entendu que ta navette était revenue, elle en a eu marre de patienter.

— Je t'ai déjà dit que je ne voulais pas qu'elle vienne ici, le gronda Chloé. Elle comprend ce qu'ils disent, Seth.

— J'aime Mander, maman. »

Chloé rayonnait, son amour pour sa petite fille illuminant son visage.

« Je sais bien, ma chérie. Le commandant Karter t'aime aussi, mais ce n'est pas un endroit pour une petite fille. »

Dara bouda et se tapota les oreilles.

« Je t'entends. J'aime t'entendre. »

Chloé poussa un soupir et secoua la tête, avant de regarder Dorian pour qu'il la soutienne.

« Tu es d'accord avec ça ? Elle n'a même pas deux ans.

— C'est la guerre, mon amour, répondit-il avec douceur. Elle est en sécurité avec le commandant. Avec tous les membres du vaisseau. Si les choses tournaient mal, il la protégerait. Mais on ne peut pas non plus lui mentir. C'est notre vie, la vie qu'on s'est choisie. On ne peut pas changer les choses maintenant.

— Je sais. Mais j'aimerais tellement qu'on mette fin à cette putain de guerre ! »

Elle était de nouveau furieuse, et j'avais l'impression d'être sur des montagnes russes émotionnelles en les regardant. En les écoutant.

« Pas de gros mots, maman. Tu vas avoir fessée. »

Dara se tortillait presque de joie à cette idée.

« Oui, elle va recevoir une fessée, dit Seth d'une voix torride, et je vis Chloé croiser son regard et se lécher les lèvres avec un air de défi. »

Que Dieu me vienne en aide, les choses allaient être super chaudes dans leur chambre après le coucher des enfants.

Cela me faisait désirer Angh encore plus. Seigneur, qu'est-ce qu'il me manquait !

Seth quitta Chloé des yeux et regarda de nouveau sa fille.

« Quand Dara a entendu que tu étais là, elle a sauté des genoux de Karter et s'est mise à courir. Pas vrai, ma chérie ? dit-il d'une voix pleine de fierté paternelle.

— Dada peut pas m'attraper.

— C'est parce que ton dada est lent, mais ton papa est rapide, dit Dorian d'un ton amusé.

— Chasse-moi ! » lança la petite fille en se tortillant dans les bras de son père.

Aussitôt, les salutations prirent fin et elle était prête à jouer. Dorian rit et posa sa fille par terre avant d'obéir et de la poursuivre – mais sans jamais l'attraper – alors qu'elle courait en poussant de petits cris et quittait la pièce. Une demi-douzaine de guerriers souriants lui dégagea le passage pour qu'elle ne tombe pas. Visiblement, elle était très aimée et protégée par tous les membres du vaisseau. J'eus un douloureux pincement de jalousie dans la poitrine.

J'avais renoncé à l'idée d'avoir une famille, un véritable foyer, en rejoignant le CR. Mais Chloé Phan, une commandante renvoyée sur Terre sans honneur des années plus tôt, s'était portée volontaire pour devenir une Épouse Interstellaire afin de retourner dans l'espace, et désormais, elle vivait une vie de rêve.

Comment avait-elle accompli tout cela ? Était-ce réservé aux participantes du Programme des Épouses ?

« On y va, Capitaine ? » fit une voix féminine derrière moi.

J'avais complètement oublié la présence de la vice-amirale Niobe derrière moi, et elle n'avait sans doute pas raté une miette de la façon dont j'avais regardé le trio et leur fille.

« Vous avez une simulation de bataille à encadrer dans seulement quelques heures. Si on se téléporte maintenant, on pourra rentrer sur Zioria avant que vous soyez en retard. »

Je clignai des yeux et fis avancer mes pieds.

« Oui. Bien sûr. »

La vice-amirale n'aimait pas que l'on soit en retard.

Je n'allais pas rester là à baver devant Chloé et sa famille parfaite. Deux guerriers sexy pour compagnons, une jolie petite fille et un bébé que je n'avais pas encore rencontré et qui dormait paisiblement dans la nursery du navire.

C'était pour eux que nous devions anéantir les mines de la Ruche. Pour eux, et pour les milliers de familles comme la leur sur les vaisseaux, et pour les millions – les milliards – de familles des mondes de la Coalition.

Alors que je suivais la vice-amirale jusqu'à la salle de téléportation, je passai en revue ce que je savais. La Coalition avait beaucoup plus besoin d'Angh que moi. Des familles comme celle de Chloé seraient sauvées par ses efforts. Des efforts qui n'avaient rien à voir avec moi. Mon cœur voulait tout avoir, et je savais que le voir seulement le temps d'un petit coup vite fait serait très douloureux.

J'allais vraiment devoir renoncer à lui.

6

*K*ira, Salle de Classe 731-D, Académie de la
Coalition, Zioria

« ... alors le fait que deux équipes s'infiltrent simultanément
des deux côtés peut grandement limiter le nombre de
victimes, perturber la Ruche et permettre à une aire de téléportation d'être installée plus loin. »

Je montrais l'écran vidéo qui occupait la majeure partie
du mur de la classe alors que les graphiques défilaient au fil
de mon discours. La combinaison d'apprentissage visuel et
auditif serait complétée dans l'après-midi par des scénarios
pratiques sur le simulateur de terrains d'entraînement situé
à l'extérieur.

J'avais eu beau manquer le premier cours de la matinée,
pour lequel j'avais été remplacée par un autre instructeur,
mon équipe était prête à mettre ses connaissances en
pratique. Ce n'était pas comme les entraînements à l'extérieur, moins intense que les simulations de batailles que
nous avions menées sur la Colonie, mais ça marchait. Ça

permettait aux élèves d'apprendre les ficelles du métier. De nombreux élèves échoueraient, cette après-midi-là, mais ils pourraient passer les simulations encore et encore jusqu'à réussir.

Comme c'était le premier jour des examens pratiques, je ne m'attendais pas à ce que beaucoup d'entre eux réussissent. Les élèves savaient que le premier jour était souvent synonyme d'échec, ce qui était une leçon en soi. Les batailles ne se déroulaient jamais comme prévu. J'avais appris cela à la dure, et mon passage sur le vaisseau Karter me l'avait douloureusement rappelé.

J'étais fatiguée. Mes yeux étaient secs, presque comme du papier de verre, comme si j'avais été dans le désert et pas sur un vaisseau de guerre. Mon corps était las et me suppliait de dormir un peu. J'avais fait un passage par les appartements pour me doucher et enfiler mon uniforme d'instructrice. Ma tenue du CR était sale et toute chiffonnée sur le sol de ma salle de bains. J'avais regardé mon lit, puis l'heure, et j'avais sauté l'étape du coucher pour aller donner mes heures de cours de la matinée.

La vice-amirale insistait pour que nos missions n'interfèrent pas avec l'emploi du temps de l'Académie. Et si cela m'obligeait à aller au travail en ayant l'impression qu'un tank m'avait roulé dessus, eh bien, tant pis. Personne ne savait combien d'agents du CR se trouvaient sur Zioria. L'Académie était la couverture idéale. Tant que personne ne commettait d'erreur.

Les gens remarquaient que je ratais un cours de temps en temps – il aurait fallu être aveugle, et idiot, pour ne pas le voir –, mais travailler pour le CR m'obligeait à disparaître de temps à autre pour accomplir des missions top secrètes. Je menais une double vie.

Pour l'instant, j'étais « prêtée » indéfiniment à l'escadron de la Commandante Phan, postée sur le vaisseau de guerre Karter. Mais ça, c'était peut-être terminé.

Ils voulaient le seigneur de guerre Anghar, désormais. J'espérais qu'ils continueraient de faire appel à moi, qu'ils me laisseraient les aider, car j'avais vraiment envie d'avoir une excuse pour le revoir, et je ne voulais pas être obligée d'attendre la fin du trimestre pour y retourner, quand j'y ferais passer des simulations de combat aux élèves.

Ça n'aurait pas lieu avant des *mois*. Et à en juger par mes pensées obsessionnelles et par le désir presque handicapant que j'éprouvais pour Anghar, c'était trop long. Beaucoup trop long.

Je répondis aux questions de mes élèves et ignorais la douleur dans mon corps, qui n'était pas seulement due à la mission. Non, ça, ce n'était rien comparé à la nuit sauvage que j'avais passée avec Angh. Seigneur, ça avait été... torride. Fou. Merveilleux. Melody avait raison, il avait fallu que je m'envoie en l'air. Et maintenant que j'avais connu un seigneur de guerre atlan et sa bête, plus aucun homme ne saurait me satisfaire. Aucun. Homme. Dans. Tout. L'univers.

Ces orgasmes m'avaient presque mis le cerveau en bouillie. Il était sacrément doué. Le sexe avait été intense. Il m'avait dit que j'étais sa compagne, avait enfilé ses bracelets atlans. Il m'avait sorti des phrases dignes d'un roman à l'eau de rose, et mon overdose d'endorphines m'avait empêchée de comprendre ce qu'il me disait.

Non. Pas une overdose. Une overdose sous-entendait qu'il m'en avait assez donné. Trop donné, alors que je ne pourrais jamais en avoir assez, avec cet Atlan sexy. Je me demandais s'il serait là la prochaine fois que je me rendrais sur le vaisseau de guerre Karter. Je pourrais peut-être demander un peu de temps libre à la vice-amirale pour remettre ça avec Angh. On pourrait s'amuser entre adultes consentants. Toute. La. Nuit.

Mon sexe se contracta à cette idée. J'irais également vérifier le planning d'entraînement dès que mon cours serait terminé pour m'assurer que mon nom était sur la fiche pour la prochaine sortie sur la Colonie. Si je devais attendre des mois, alors je prendrais mon mal en patience. Mais au moins, je saurais que je le reverrais. En général, les instructeurs n'aimaient pas se rendre sur la Colonie, et soudoyaient les autres membres du corps enseignant pour échapper aux trois jours dans les grottes obscures. Mais à présent ? Si je savais que cette bête m'y attendait, je me porterais volontaire à chaque fois.

Mais c'était insensé. Nous n'avions passé qu'une nuit ensemble. Une nuit à faire sortir mon côté sauvage, à laisser mes inhibitions de côté et à laisser la bête prendre les rênes. Ça avait été torride et super sauvage. Mais ça n'avait été qu'une nuit.

L'expression terrienne qui disait « ce mec était une bête au lit » était vraie. Il avait simplement fallu que je traverse la galaxie pour le prouver. Je doutais que mes amies terriennes me croient si je le leur disais, à part Melody. Elle m'avait lancé des regards toute la matinée depuis son bureau. Je savais que j'allais devoir lui balancer tous les détails après les cours. Si j'arrivais à rester éveillée assez longtemps. J'avais besoin d'une baguette ReGen pour mon sexe... et mon cerveau.

Je m'éclaircis la gorge.

« D'autres questions ? » demandai-je en tentant de rester concentrée sur ce que j'enseignais et pas sur la taille d'un sexe atlan en mode bestial.

Ah ! Concentre-toi.

La pièce me rappelait une classe d'université classique

sur terre. Elle ressemblait à un amphithéâtre, et chaque rang était situé un peu plus haut que celui qui lui faisait face pour pouvoir voir le mur-écran – bon d'accord, cette dernière partie n'était pas présente dans les salles de classe terriennes. Des fenêtres donnaient sur l'aire de simulation extérieure et sur les couloirs de l'Académie, mais pendant le cours, elles étaient teintées. Personne ne pouvait voir à travers, dans un sens comme dans l'autre.

L'amphithéâtre me rappelait également l'arène de la Colonie, bien que cette dernière forme un demi-cercle, de type film de gladiateur. Je me souvenais de l'un de ces films, avec une star de cinéma sexy... un Australien, peut-être ? Je l'avais trouvé sublime, avec ses muscles et sa virilité. Mais il n'arrivait pas à la cheville d'Angh. L'Atlan était plus grand, plus fort, et la testostérone qu'il exsudait avait ruiné ma petite culotte.

Même maintenant, des heures plus tard, mes tétons durcissaient lorsque je pensais à lui. Et en parlant de culotte, la mienne était trempée. Chaque fois que je pensais à Angh, c'est à dire une fois par minute environ, le tissu se prenait une nouvelle dose de désir. Sans l'injection contraceptive que j'avais faite peu de temps avant, j'aurais été complètement paniquée, pas seulement fatiguée.

Un élève originaire de Viken me lança :

« Instructrice Dahl, comment ceux qui auront installé l'aire de téléportation pourront-ils partir ? »

Je me dirigeai vers le côté droit du mur vidéo et commençai à expliquer comment le groupe de téléportation suivrait les deux équipes pour capturer la base ennemie et installer la zone de téléportation. Ce serait une équipe minière, et ce travail était très dangereux, lors des véritables batailles. Je mis la vidéo sur pause et montrai un point spécifique sur l'écran.

« Là. On ira dans les sommets. C'est l'endroit idéal pour anéantir leur arrière-garde et... »

Un tambourinement fit sursauter tout le monde. J'arrêtai de parler alors que les têtes se tournaient vers la porte de la classe.

Un autre boum retentit sur la porte fermée, comme si quelqu'un la rouait de coups. Je n'étais pas armée, et mes élèves non plus. Les armes servaient uniquement aux entraînements en extérieur ou dans les bâtiments qui traitaient de ces sujets. L'alarme ne sonnait pas. Le bracelet de communication que j'avais au poignet n'annonçait aucune alerte, alors que même pendant les exercices, elles étaient assez fortes pour le réveiller. Il s'agissait d'autre chose.

Je me dirigeai vers la porte et vis la poignée s'agiter. Je levai la main alors que certains de mes élèves se levaient, prêts à intervenir. Nous ne savions même pas quelle était la menace, pour l'instant.

J'appuyai sur un bouton de ma télécommande, et les vitres devinrent transparentes, la pièce illuminée. S'il y avait une menace, je voulais pouvoir la voir.

La porte s'ouvrit. Il ne s'agissait pas d'une porte coulissante comme sur les vaisseaux, mais d'une porte normale, comme sur Terre. Avec un bruit de métal froissé, la porte fut arrachée de ses gonds. Je n'eus même pas le temps de faire un pas en arrière avant qu'Angh entre dans la pièce, la porte dans la main. Il agrippait toujours la poignée, le métal tordu, les gonds déchiquetés comme s'ils avaient été en aluminium.

Je pris une inspiration alors que son regard balayait brièvement la pièce avant de se poser sur moi. Il était essoufflé, comme s'il venait de combattre dans l'arène. Il était partiellement en mode bestial, très grand, mais pas gigantesque. Ses cheveux étaient ébouriffés, son uniforme immaculé. Ses bracelets scintillaient. Pas seulement ceux autour de ses poignets, mais ceux qu'il m'avait posés sur la poitrine, ceux qu'il avait voulu que je porte. Ils pendaient à sa ceinture comme des clochettes carillonnantes. Cette petite musique était aussi sonore qu'un coup de canon à mes oreilles.

Il ne dit pas un mot, mais il n'en avait pas besoin. Il était venu me chercher.

Nom de Dieu.

Toutes mes zones érogènes se réveillèrent en sa présence, même si j'étais trop fatiguée pour un autre round. Vu la façon dont Angh baisait, j'aurais besoin de plus qu'une sieste. Il fallait d'abord que je mange mes céréales.

Il était encore plus séduisant que dans mes souvenirs. Plus grand. Plus puissant. Plus passionné. Mon cœur s'emballa, mes paumes étaient moites. *D'autres* endroits étaient également humides. Mon corps le *connaissait* et le désirait. J'avais envie de lui sauter dans les bras et qu'il me fasse tourner pour me plaquer à nouveau contre un mur. Des idées folles pour une situation folle.

Je remarquai vaguement l'homme qui le suivait, mais quand il tapa Angh sur l'épaule, je ne pus pas le rater. Il était humain. La peau noire, les cheveux noirs, un uniforme noir.

« Mec. Vous auriez pu ouvrir la porte, tout simplement, » dit-il à l'Atlan en secouant la tête.

S'il n'avait pas eu des yeux intégrés par la Ruche, il les aurait sans doute levés au ciel.

Mec ? Je n'avais pas entendu cette expression depuis la Terre. L'accompagnateur d'Angh était terrien. Afro-américain, d'après son accent. Originaire du Sud des États-Unis.

« Vous êtes du Sud ? demanda une voix.

— Atlanta, Géorgie, dit-il en s'inclinant devant Melody, qui s'avança.

— Moi, je viens de Berlin, en Allemagne. »

Elle parlait avec une voix un peu plus aiguë que la normale, et je tournai la tête pour la regarder en plissant les yeux. Elle m'ignora, évidemment, et elle se remit à parler :

« Je vous ai vu. Sur la Colonie. Je ne savais pas qu'il y avait d'autres humains là-bas. À l'exception des compagnes, bien sûr. »

Elle balaya ses cheveux par-dessus son épaule et sourit. C'était un grand sourire aguicheur. Je n'avais vraiment pas besoin de ça. Il y avait assez d'hormones féminines dans l'air comme ça.

Et j'avais de gros ennuis, à en croire le torse atlan qui se soulevait devant moi.

Angh avait les yeux braqués sur moi et respirait fort.

L'humain prit le côté de la porte et tira. Angh finit par la lâcher, et je fus surprise de voir que l'humain était capable de la soulever comme s'il s'agissait de bois flotté, avant de la jeter dans le couloir.

« Vous voulez que j'appelle la sécurité ? » me demanda un élève.

Je hochai la tête sans me retourner pour voir qui avait parlé.

« Oui, mais pas pour leur faire part d'une menace. Dites-leur que tout va bien. Je suis sûre que l'alarme de la porte a dû être déclenchée.

— Mais...

— Rasseyez-vous, » répliquai-je avec la voix que j'utilisais généralement lors des simulations en extérieur.

C'est alors que les murmures commencèrent. La rumeur. Voilà un sujet de conversation qui ne se tarirait jamais.

7

JE POSAI les yeux sur Melody alors qu'elle venait se placer à côté de moi.

« Euh, Instructrice Dahl... »

Comme nous étions en classe, elle m'appelait pas mon titre, mais je savais que ce qu'elle voulait dire, c'était *Tu déconnes ou quoi, ma fille ? La bête atlanne que tu t'es tapée vient d'arriver de Zioria et a arraché la porte de ta classe pour te retrouver.*

« S'il veut se ridiculiser, qu'il le fasse, dit l'accompagnateur en me tendant la main, une salutation typiquement terrienne. Vous êtes l'instructrice Kira Dahl, j'imagine ? Je m'appelle Denzel. Lieutenant Denzel Washington. »

Je jetai un coup d'œil à Angh par-dessus mon épaule, puis croisai le regard argenté de Denzel.

Melody ricana derrière moi.

« Denzel Washington ? Sérieux ? »

Les yeux cyborgs de Denzel se posèrent sur elle, et j'aurais juré qu'ils avaient tous les deux cessé de respirer. Après un long silence gênant, il sourit.

« Seule une humaine trouverait mon nom amusant. »

Il s'était montré cordial depuis son arrivée, mais son expression changea du tout au tout. Il était tout le contraire d'Angh. Calme, serein et réfléchi.

« Oui, poursuivit-il. Ma mère adorait cet acteur, et elle avait justement le même nom de famille que lui. J'étais condamné.

— Condamné ? répéta Melody. Vous me semblez plutôt en forme pour un homme condamné. »

Le ton aguicheur de Melody et la lueur d'intérêt dans l'expression du lieutenant étaient inratables. Tous les élèves de la classe tordaient le cou pour mieux voir la scène. Je n'avais vraiment pas envie que ce genre de rumeurs courent sur le campus. Les élèves m'auraient déjà trouvé dix nouveaux surnoms à la même heure demain.

« Le cours est terminé, lançai-je. Soyez prêts pour la simulation de combat après le déjeuner. »

Je n'eus pas besoin de le leur dire deux fois. Leurs murmures se transformèrent en véritables conversations alors qu'ils sortaient presque en courant de la salle, sans doute prêts à répandre toutes sortes d'histoires.

Denzel admirait Melody, et quand je tournai la tête vers elle, je constatai qu'elle l'admirait également. Elle était très belle. Je comprenais qu'elle puisse éveiller l'intérêt du guerrier terrien. Elle était grande et élancée, avec des cheveux acajou qui lui tombaient jusqu'à la taille et des yeux marron foncé qui le dévoraient comme s'il s'était agi de son dessert préféré. Ni lui ni elle ne prononcèrent le moindre mot supplémentaire.

Bon, OK.

Je m'écartai de leur chemin et me dirigeai vers Angh. L'éviter n'était pas vraiment une option. Je n'avais surtout pas envie qu'il me fasse une nouvelle scène dans le bâtiment si je quittais la pièce.

« Qu'est-ce que tu fais ici ? » lui demandai-je.

Je dus renverser la tête en arrière, *très en arrière* pour le regarder. Il respirait toujours aussi vite. Les lèvres que j'avais embrassées – à de nombreuses reprises – étaient entrouvertes. Ses joues étaient rougies, comme s'il était fiévreux, et ses muscles étaient contractés alors qu'il me regardait. Comme si j'étais une proie. C'était comme ça qu'il m'avait regardé quand il m'avait fait signe de le rejoindre dans l'arène.

Mon désir pour lui n'avait pas faibli. Après une nuit avec lui, ma libido était au zénith.

« Je suis venu te chercher, » dit-il d'une voix grave.

Il n'était pas en mode bestial, vu qu'il arrivait à parler normalement, mais sa bête semblait flotter juste sous la surface.

« Tu es partie sans me donner la moindre explication, Kira. Sans même un au revoir. »

Je hochai la tête et me léchai les lèvres. Ses yeux se posèrent sur ma bouche, et je répondis :

« Désolée. Ma téléportation était programmée à l'aube, et je ne voulais pas te réveiller. »

Pas terrible, comme excuse, mais c'était la vérité. Quand il continua de me fixer du regard sans dire un mot, je poursuivis :

« Je me suis dit que tu devais être fatigué, après... tu sais quoi. »

Son regard se fit plus sombre, et je sentis de la chaleur irradier de lui comme une fournaise. Il s'imaginait me baiser en cet instant même. Et j'étais en train de penser à son sexe, à sa bouche, et à... tout le reste.

Super. Mes joues me brûlaient tellement qu'elles étaient sans doute rouge cerise.

« Sortez, » dit Angh à Denzel et Melody, sans me quitter du regard.

Denzel prit Melody par le bras et l'escorta jusqu'à la porte avec une main protectrice, mais possessive dans le creux de ses reins. Elle tordit le cou pour me jeter un regard.

« Ça ira, Dahl ? Je peux appeler la sécurité, si tu veux. »

Je levai les yeux vers Angh, vers la douleur que je lisais dans son regard et dans sa bouche pincée. Il était à bout. Je l'avais fait souffrir, d'une manière ou d'une autre – j'ignorais encore laquelle –, mais je savais qu'il ne me ferait pas de mal. Jamais.

« Non, Mel, tu peux y aller. Il ne me ferait jamais de mal, dis-je en regardant Angh dans les yeux.

— Jamais, » me confirma l'Atlan.

Melody haussa les épaules et tourna de nouveau son attention sur Denzel.

« Qu'est-ce qui se passe ? lui demanda-t-elle. Qu'est-ce que vous faites ici, tous les deux ?

— Allons dans un endroit plus calme pour pouvoir parler de tout ça... et d'autres choses. »

D'un geste galant, Denzel la guida dans le couloir, souleva la porte tombée par terre et la remis en place du mieux possible.

Nous avions un semblant d'intimité, au moins. Les fenêtres étaient toujours transparentes, et une foule s'était réunie dans le couloir de l'autre côté des vitres.

Avec un soupir, je teintai une nouvelle fois les vitres. J'ignorais ce qui allait se passer avec Angh, mais je savais que je n'avais pas besoin de public.

Ceci fait, je rejoignis l'Atlan, qui se tenait toujours à l'endroit précis où il m'avait aperçu pour la première fois en entrant dans la pièce, comme s'il était un chêne aux racines si profondément enfoncées qu'elles atteignaient le noyau de ce monde.

« Qu'est-ce que tu fais ici ? » demandai-je.

Il grogna, les yeux plissés, et leva la main pour plier le doigt dans ma direction, comme il l'avait fait dans l'arène.

« Viens ici, compagne. »

J'étais incapable de lui résister. Je voulais sentir ses bras autour de moi, cela m'était aussi nécessaire que de respirer. Je m'étais languie de lui, et ce manque qui montait en moi était aussi puissant qu'inquiétant.

Je parcourus la distance qui nous séparait et blottis mon visage contre son torse, les bras autour de sa taille alors que ses mains gigantesques se posaient dans mon dos et le caressaient de bas en haut. Il se pencha en avant et enfouit le nez dans mes cheveux.

Il se raidit.

« Pourquoi est-ce que je sens du sang prillon dans tes cheveux ? Et l'odeur d'un tir de pistolet à ions ? »

Il se laissa tomber à genoux, pas pour me parler, mais pour examiner chaque centimètre de mon corps à la recherche d'une blessure, en commençant par les chevilles avant de remonter. Ses mains avaient beau être professionnelles, je sentais son contact partout en moi.

« Dis-moi pourquoi tu as l'odeur du sang d'un autre homme, compagne, ou je risque de ne pas pouvoir contrôler ma bête.

— Angh ! »

Je repoussai ses mains alors qu'elles me pressaient les cuisses, les fesses, le ventre, les seins, pas avec séduction, mais dans le but de vérifier que je n'étais pas blessée. Croyait-il vraiment que mes seins étaient cassés ?

Quand il passa mon coude droit, je grimaçai. Je ne pus m'en empêcher. Il se figea et son regard croisa le mien.

« Tu es blessée. C'est inacceptable.

— Je vais bien. »

C'était la vérité. J'étais courbaturée, mais ça guérirait, comme les bleus et les égratignures que je récoltais toujours lors de mes missions.

« Qui t'a fait du mal, Kira ? Dis-moi son nom, et je le détruirai. »

Oh, Seigneur, je me rappelais soudain pourquoi les mâles dominants et surprotecteurs étaient une mauvaise idée pour un coup d'un soir. En plus de l'arrachage de porte, il donnait l'impression que je l'avais frappé en plein cœur, comme si le bleu que le membre de la Ruche m'avait laissé sur le bras – quand j'avais bloqué son coup avec mon coude était la chose la plus importante de l'univers. Il s'était agi d'un ancien guerrier prillon dont le sang avait conservé son odeur originelle. Super.

« Il est déjà mort, Angh. Ce n'est rien. Un simple bleu. »

Ma réponse ne sembla pas le calmer.

« Pourquoi ne t'es-tu pas fait soigner ?

— Ce n'est rien. »

Je n'osais pas lui révéler que si je n'étais pas allée à l'infir-merie, ce n'était pas par manque de temps. Je n'avais pas voulu que l'on me place dans une capsule ReGen, car la douleur délicieuse dans mon sexe, qui me rappelait notre nuit d'amour passionnée, aurait disparu pour toujours. Je *voulais* savoir qu'il m'avait possédée complètement, qu'il m'avait emplie. Qu'il m'avait fait crier. Mon entrejambe sensible était un souvenir très personnel de ce moment passé ensemble.

J'en voulais plus, et je pressentais que j'en voudrais toujours plus, quand cet Atlan sexy était concerné, mais j'avais un travail à accomplir. J'avais fait des promesses. Signé un contrat.

Ce n'était pas le bon moment pour entamer une relation. Le CR avait des droits sur moi pendant encore deux ans. Toutes mes missions sauvaient des vies, parfois une, parfois cent. Je ne pouvais pas me montrer égoïste. Ce n'était pas mon sexe qui commandait, même si mon corps me hurlait de me déshabiller et de le supplier de me baiser à nouveau. Tout de suite. Contre le mur. Sur le bureau. Même sur le sol dur et froid.

Mais cela ne ferait qu'empirer les choses. Quoi qu'il y ait entre nous, il fallait y mettre fin. Ma supérieure au CR ne serait déjà pas ravie d'entendre que j'avais couché avec un Atlan, et lors d'une mission d'enseignement, en plus. Mais m'accoupler ? On me jetterait sans doute en prison militaire. Lors d'une précédente mission, on m'avait fait très clairement comprendre que je ne pouvais pas interrompre mon service, et je n'en avais pas l'intention. Je sauvais des vies. Beaucoup de vies. Et Angh le ferait aussi, quand la vice-amirale lui aurait mis la main dessus. Les guerriers et les civils capturés et torturés par la Ruche avaient plus besoin de moi que lui. Et la guerre avait besoin de lui, de ma grande bête dure à cuire.

Je luttai pour être patiente, pour me maîtriser, et je plaçai les mains sur ses joues avant de lever la tête pour qu'il me regarde. Pour une fois, il était plus petit que moi. Mais à peine, bien qu'il soit à genoux.

« Angh, qu'est-ce que tu fais ici ? Pourquoi est-ce que tu as défoncé la porte de ma classe ?

— Tu es ma compagne, Kira. »

Il était sérieux. Bon sang. Il y croyait, et il s'était téléporté sur une autre planète et avait enfoncé une porte pour me le dire. Pour venir me chercher. Les Everiens, avec leurs marques, n'étaient pas les seuls cinglés. Je réalisais à présent que les Atlans et leurs bêtes étaient deux fois plus fous.

« Mais non, dis-je en secouant la tête. On a passé une super nuit ensemble. Une nuit torride et incroyable, mais je ne peux pas être ta compagne. On n'a pas été appairés. Je ne suis pas une Épouse Interstellaire. Je sais que tu as été testé. »

Que Dieu vienne en aide à mon pauvre cerveau idiot. La nuit dernière, avant de partir en mission, je m'étais torturée en me servant de mes autorisations pour le chercher dans la base de données.

« Tu as une compagne parfaite pour toi là dehors, qui pourrait t'être attribuée demain. Et je ne peux pas quitter l'Académie. »

Je posai une main sur ma poitrine, puis sur la sienne, et je poursuivis :

« Tu ne peux pas quitter la Colonie. On vit dans deux mondes différents. On *vient* de mondes différents.

— Tu vas m'accompagner sur la Colonie, dit-il d'un ton féroce. On vivra là-bas. On y élèvera nos enfants. Tu es à moi, Kira. Et je suis à toi. Je ne veux pas d'une Épouse Inter-stellaire. C'est toi que je veux. Je porte ta revendication. Je me donnerai à toi, rien qu'à toi. Tu me possèdes déjà, compagne. Je suis à toi. »

Il leva les mains pour me montrer les bracelets qu'il avait toujours aux poignets.

Il ne grognait pas et ne parlait pas par monosyllabes. Il était aux commandes, pas sa bête. Oui, le sexe avait été super. Incroyable. Fantastique. Mais nous n'avions jamais parlé du fait que j'étais sa *compagne*. Genre, à vie.

« Non. Je ne suis pas ta compagne. C'est impossible. »

Avec un soupir si profond que son corps tout entier

trembla, il se pencha en avant, son front appuyé entre mes seins. Il inspira et retint sa respiration. Quand il leva le visage, il souriait.

« D'accord, Kira. Je vais retourner sur la Colonie. Mais je vais te demander une chose avant de partir.

— Tout ce que tu voudras, » lui promis-je.

Je lui donnerais tout ce qu'il voulait. Sauf accepter d'être sa compagne. J'aurais voulu l'être, mais c'était impossible. J'appartenais au CR, un outil de combat contre la Ruche, et ils étaient loin de vouloir se passer de moi. Ou de lui.

Angh appartenait également au CR, désormais, et un jour, une petite chanceuse deviendrait sa compagne parfaite. Il le méritait. Il méritait une femme qui se satisferait de rester à ses côtés, qui se satisferait de ses compétences au lit. Il méritait d'avoir une compagne qui ne serait loyale qu'à lui. Une femme qui pourrait être avec lui chaque jour, chaque nuit, qui élèverait ses enfants sans être tourmentée par le nombre de morts et d'esclaves que cette guerre avait causés. Je ne pouvais pas quitter mon travail au CR, même si je désirais Angh plus que tout.

« Une dernière nuit de sexe incroyable, » dit-il.

Mon sexe passa de chaud à brûlant en un clin d'œil. Mes tétons durcirent, ma culotte se trempa. Mon désir pour lui était encore plus grand que la première fois que je l'avais vu dans l'arène. À présent, je savais qui il était, ce qu'il était et à quel point il était *doué.* Et tout ça était tourné vers moi. Chaque centimètre carré de virilité. Et il y avait beaucoup de centimètres. Partout.

« Oui, » dis-je.

Je me penchai pour l'embrasser, mais j'arrachai mes lèvres aux siennes quand notre baiser se fit chaud et charnel en quelques secondes. J'avais déjà du mal à respirer, comme si je me trouvais à l'extérieur, dans l'aire d'entraînement, et pas à l'intérieur, alors qu'une langue experte me donnait les jambes en coton.

« Mais pas tout de suite, ajoutai-je. Il faut que je sois au terrain d'entraînement dans un quart d'heure pour une réunion d'instructeurs.

— Je veux plus que quinze minutes. »

Il baissa les mains pour me saisir les fesses, et il me tira en avant afin que je sente son érection. Chaque centimètre de lui.

« Moi aussi. C'est pour ça qu'on ne peut pas commencer maintenant. »

Je l'embrassai encore, parce que je n'avais pas d'autre choix. Angh était ma kryptonite. Je ne pouvais pas lui résister. J'en étais incapable, quand ses grandes mains étaient sur moi, que son goût était dans ma bouche, que je le sentais contre moi.

« Combien de temps dure cet entraînement ? demanda-t-il.

— Quelques heures. »

Je pourrais peut-être partir en avance, mais après l'arrachage de porte, ça ne passerait pas inaperçu.

« Ensuite, j'irai prendre une douche et je serai toute à toi. »

Il se leva sans un mot et me lâcha. D'un coup, j'eus froid. Je me sentis seule. Il se dirigea vers la porte et la mit de côté, appuyée contre le mur.

« Pour une nuit, » dit-il.

Je hochai la tête et passai la porte.

« Oui, pour une nuit. »

Les couloirs étaient déserts, à présent. Heureusement. Je ne voyais ni Melody ni Denzel, mais ils pouvaient se débrouiller tout seuls.

« Ça vaudra le coup. »

Je faillis lui demander ce qu'il entendait par là, mais la cloche retentit, et les couloirs furent soudain envahis d'élèves qui allaient rejoindre leur cours suivant ou leur entraînement à un autre endroit du campus.

Angh s'approcha de moi, puis se pencha pour que je l'entende.

« Ce qu'on a fait l'autre nuit, compagne, ce n'était rien à côté de ce qui t'attends. »

Oh, merde. J'allais mourir de plaisir.

ngh

LES ÉLÈVES ENVAHIRENT les lieux comme une armée d'insectes. Je me tenais à côté de la commandante de l'Académie et regardais l'activité sous mes pieds depuis une plate-forme d'observation. Sur le sol rocheux se trouvait un faux champ de bataille étrangement similaire à celui sur lequel nous avions combattu sur Latiri 4, avant de perdre ce secteur au profit de la Ruche. Avant que je perde tout aux mains de la Ruche.

L'unité de combat Karter avait été obligée de battre en retraite de la planète et de sa jumelle, Latiri 7, quand l'étrange nouvelle arme de la Ruche avait été déployée. Avec la Commandante Phan, nous avions réussi à sauver l'unité, et j'avais lu des rapports disant que mes anciens collègues parvenaient de nouveau à progresser dans ce secteur. La plupart de ces progrès étaient dus aux talents de la Commandante Phan et du drôle d'implant de la Ruche qu'elle avait dans le cerveau. À l'époque, nous étions les deux seuls à pouvoir entendre la Ruche. L'ennemi. Et même si nous avions été capables de parer leur filet d'explosifs, son implant avait été mis en place par le Centre de Renseignements. Le mien venait de la Ruche. Tout comme les implants que j'avais dans les bras et le dos, dans les muscles.

J'étais contaminé. Pas la Commandante Phan. Alors, elle se battait avec l'unité de combat tandis que j'avais été envoyé sur la Colonie, seulement bon à prier les dieux pour que l'on m'envoie une compagne, que l'on me donne une vie correcte.

Mais même cela m'avait été refusé, et j'avais perdu espoir. Pourtant, à présent...

« Il faut que vous lui disiez la vérité. Que vous lui disiez ce qui va vous arriver si elle n'accepte pas votre revendication. »

Denzel se tenait à ma droite alors que nous regardions la simulation de bataille se dérouler sous nos pieds. Quelque part dans le groupe se trouvait ma compagne, occupée à encadrer ses élèves dans cette fausse bataille qui semblait bien trop réelle. J'étais à cran, et ma bête faisait les cent pas, même si je savais que ce n'était pas réel. La vraie guerre, j'avais connu, et je ne voulais pas revivre ça.

« Lui dire la vérité ? Hors de question, rétorquai-je. Elle a fait son choix. »

Je la regardais marcher avec une petite équipe pour couvrir un autre groupe. Ils ne s'étaient pas encore fait repérer par l'ennemi, et bientôt, il leur serait impossible de reprendre le dessus. Ma compagne et son équipe leur tomberaient bientôt dessus, et la partie serait terminée.

Kira bougeait comme une ombre et portait son arme comme si c'était une extension d'elle-même. Je n'avais d'yeux que pour elle. J'aurais pu la reconnaître aisément au milieu d'une foule, ou d'une simulation de bataille. Pour les autres, c'était son uniforme d'instructrice qui la mettait à part, parmi tous ces uniformes d'élèves. Quand elle tirait, elle ne ratait jamais sa cible, quelle que soit la distance. Les autres instructeurs étaient patients. Doués. Mais ils ne bougeaient pas comme elle, comme si elle n'était qu'un fantôme qui traversait les ténèbres pour détruire ses ennemis. Je comprenais pourquoi elle était instructrice. Il était évident qu'elle avait passé du temps sur le champ de bataille. Elle avait une histoire que j'ignorais, mais j'avais envie de tout savoir sur elle.

Un sentiment de fierté inattendu s'empara de moi alors que je l'admirais. Elle était impressionnante. Belle et redoutable. Intrépide. Elle évita un tir de fusil à ions et ne marqua même pas d'hésitation avant de tirer et d'abattre son « ennemi ».

Je savais que les tirs de fusil n'étaient rien de plus que des faisceaux lumineux, mais les bruits et les images de la bataille étaient réels, pas simulés. Les cris de douleur étaient également réels, car les uniformes d'entraînement étaient conçus pour imiter la douleur d'un coup de fusil à ions quand les élèves étaient touchés. Il fallait qu'ils soient parés pour toutes les situations, et être préparés à supporter la douleur dans une vraie bataille pourrait leur éviter de mourir.

Ou pire : de devenir comme moi.

J'avais enduré ces simulations, cet entraînement. Je m'étais trouvé sur ce terrain d'entraînement. Il n'y avait pas d'Atlans présents ce jour-là, seules les races plus petites, originaires de la Terre, de Trion et d'Everis.

Je savais que les Atlans et les Prillons s'entraînaient pour des missions différentes, se servaient des terrains de simulation pour mettre en place des scénarios différents et s'y rendaient à d'autres créneaux horaires.

Sous mes pieds, une embuscade menée par ma compagne était en cours chez l'ennemi. Les trois autres instructeurs de l'Académie étaient ligués contre elle, et leurs équipes s'approchèrent pour protéger le drapeau qui représentait leur place forte.

Kira et son unité se trouvaient sur les hauteurs et ils feignirent un assaut. Ils frappèrent vite et fort, avant de se retirer dans un ravin étroit et de se placer en position de tireurs d'élite pour coincer leurs ennemis.

Les Atlans étaient généralement chargés d'attaquer sur le terrain et de charger l'ennemi, en déchirant leurs corps en deux sur leur passage. Les Prillons combinaient des attaques sur terre et dans les airs, leurs pilotes extrêmement doués pour frapper des cibles au sol sans presque aucune marge d'erreur.

Mais la rapidité et la discrétion que j'avais sous les yeux étaient impressionnantes.

« Bon sang, elle est douée, » dit Denzel.

Il l'observait également, les bras croisés. Il siffla lorsqu'elle se plaça derrière un rocher et visa un instructeur de l'équipe adverse avec son fusil.

« Elle n'arrivera pas à le toucher, dit Denzel. Elle est à plus de cent cinquante mètres de sa cible. »

Un officier de l'Académie situé non loin de nous poussa un grognement dégoûté. C'était un guerrier prillon, jeune, mais fort.

« La capitaine Dahl ne rate jamais sa cible. Pas à une distance aussi courte. Je l'ai vue abattre des Éclaireurs de la Ruche situés à un kilomètre et demi d'elle. »

Je ne dis rien. Des Éclaireurs de la Ruche ? Pourquoi ma compagne se retrouvait-elle en position d'abattre des Éclaireurs de la Ruche ? Mais alors que son « ennemi » tombait à cause du choc provoqué par le tir et que son armure l'obligeait à rester au sol sans bouger, je vis Kira faire signe à son équipe de se diriger vers le drapeau.

Un par un, ses opposants tombaient.

Alors qu'elle s'avançait et brandissait le drapeau sans opposition, je réalisai que j'ignorais complètement de quoi ma compagne était capable. Je ne savais presque rien d'elle ou de sa vie. De son histoire. De sa formation. Du travail qu'elle effectuait ici. Je la voulais. J'avais besoin d'elle. Ma bête hurlait pour elle seule, mais j'avais encore tant de choses à apprendre. Elle était mon âme, et pourtant, elle restait une énigme.

Je me tournai vers le Prillon, qui souriait alors qu'une alarme retentissait pour indiquer qu'il y avait un gagnant.

« Des Éclaireurs de la Ruche ? répétai-je. Les instructeurs se rendent souvent en territoire ennemi ? »

Je n'avais jamais entendu parler d'une telle chose, mais je devais bien admettre que je ne savais rien de l'Académie de la Coalition ou de son fonctionnement. J'avais été entraîné sur Atlan, dans un autre centre d'entraînement, avant d'être élu commandant de mon unité. Cette élection était un grand honneur, et j'avais servi avec fierté jusqu'à ma capture par la Ruche.

Le Prillon s'éclaircit la gorge, puis se tourna vers moi, un sourcil haussé.

« Mes excuses, Seigneur de Guerre. Vous m'avez posé une question ? »

Je fronçai les sourcils. Il m'avait très bien entendu. Nous le savions tous les deux.

« Je vous ai demandé s'il était habituel pour les instructeurs de partir en mission contre les territoires de la Ruche. Participent-ils à des combats actifs ? »

Il sourit.

« Ce n'est pas habituel, non. Mais la capitaine Dahl n'a rien d'habituel non plus, si ?

— Tous vos instructeurs ont-ils le grade de capitaine ?

— Non. Bien sûr que non. »

Il secoua la tête comme si j'étais stupide et se détourna de nous pour s'approcher du terrain. Les vainqueurs et les perdants se tenaient désormais côte à côte alors que le Prillon leur expliquait ce qu'il avait vu depuis sa tour. Leurs forces. Leurs faiblesses. Leurs erreurs.

Tout au long, ma compagne resta avec le drapeau de la victoire dans une main et son fusil dans l'autre. Elle avait enlevé son casque et se servait du bras qui tenait le drapeau pour le coincer contre sa hanche. Ses cheveux étaient ébouriffés et pleins de sueur, ses yeux passionnés après cette victoire. Elle ne semblait pas surprise. Je ne voyais ni arrogance ni joie dans son expression. Autour d'elle, les poitrines se soulevaient après l'effort. Les élèves vomissaient ou arrachaient leurs uniformes, luttant contre la chaleur ou les vestiges de douleur des tirs à ions qu'ils avaient subis.

Kira semblait indifférente. Une statue de pierre. Calme. Calculatrice. Peu touchée par le risque de mourir ou d'être blessée.

Je connaissais ce regard. Je l'avais vu dans le miroir.

C'était le regard d'une guerrière expérimentée, pas celui d'une enseignante de l'Académie. Elle avait guidé son groupe lors de l'exercice, mais pour elle, ça n'avait pas été une simulation. Elle avait déjà fait ce genre de choses, et les tirs de fusils à ions avaient été réels.

Elle disait qu'elle ne pouvait pas m'appartenir, qu'elle avait un travail à faire.

Pourquoi croyais-je désormais que ma compagne me

cachait des choses ? Même après une nuit d'intimité à nous dévoiler, je ne savais pas ce qui lui passait par la tête.

J'aurais une nuit de plus pour tout apprendre. Et je voulais absolument tout savoir. Chaque secret. Chaque zone érogène. Chaque son et odeur, son goût sur ma langue. Je voulais connaître sa vie, son passé, ses rêves et son avenir. Je voulais que cette nuit représente toute une vie. Mais je prendrais ce que je pourrais, puis je devrais la laisser partir. Je n'avais pas le choix.

Denzel se crispa alors que Melody retirait son casque à son tour. Elle grimaçait, son bras passé autour de ses côtes comme si elle avait subi un coup.

« Allez voir votre compagne, lui ordonnai-je.

— Elle ne m'appartient pas. »

Ce fut à mon tour de croiser les bras et de regarder l'autre guerrier comme s'il était stupide.

« Alors, si le Trion à côté d'elle l'aide à aller à l'infirmerie, comme il est en train de le lui proposer, ça ne vous dérangera pas ? »

Denzel tourna brusquement la tête pour voir la concurrence.

« Et puis merde, » dit-il.

Il s'éloigna en courant, et j'éclatai de rire. Au moins, ce voyage aurait un effet positif. Non, deux effets positifs. Denzel avait semble-t-il trouvé sa compagne, et je pourrais passer une autre nuit paradisiaque avec la mienne.

« On se retrouve au téléporteur à midi demain, » lui lançai-je.

Denzel me fit un signe de la main pour me confirmer qu'il m'avait entendu, et il continua de se ruer vers le champ de bataille simulé, jusqu'à se retrouver face à Melody. Elle leva les yeux vers lui, et quoi qu'il lui ait dit, elle sourit et plaça sa main dans la sienne. Il semblait doué avec les femmes.

Visiblement, Denzel allait passer une bonne soirée, et j'avais bien l'intention de faire de même. La chatte chaude et mouillée de Kira m'attendait. Son corps. Son rire. Son lit. *Tout.*

9

K̶ira, Appartements Privés

JE FERMAI les yeux alors que le séchoir me soufflait de l'air chaud sur tout le corps. C'était comme être debout sous un sèche-mains dans des toilettes sur terre. C'était une chose à laquelle j'avais du mal à m'habituer, rester debout sous un mini-ouragan au lieu d'utiliser une serviette. Mais aujourd'-hui, ça ne me dérangeait pas, parce que j'étais pressée.

Angh se trouvait dans ses appartements.

Il m'attendait.

Mon cœur s'arrêta de battre un instant, et quand la machine s'éteignit, je pris une grande inspiration et soufflai. J'étais nerveuse, comme une fille de quinze ans qui irait retrouver son premier amoureux. Mais mon corps ne se comportait pas comme celui d'une adolescente. Non, mes réactions étaient celles d'une femme. Mon sexe était toujours douloureux après notre nuit ensemble, et mes tétons durcirent lorsque je repensai à la façon dont il les

avait pris en bouche, dont il les avait sucés, dont il avait délicatement passé les dents dessus. Mon dos était plein de
bleus le long de mon échine d'avoir été plaquée contre le
mur, baisée avec un désespoir que nous partagions tous les
deux. La barbe d'Angh avait laissé des brûlures entre mes
cuisses. Sa langue experte m'avait enchantée.

Je frémis, et ma température sembla monter de deux ou
trois degrés.

Mon corps se souvenait de tout ça, et le désirait à
nouveau. Mon cerveau aussi désirait tout cela, mais il savait
que c'était une mauvaise idée. Parfois, les mauvaises idées
étaient incroyablement alléchantes, et c'était le cas de
celle-ci.

Une nuit.

Il voulait une dernière nuit. Moi aussi. Je ne pouvais pas
lui refuser cela, ni me le refuser à moi-même.

J'ouvris la porte de la salle de bain, et je vis qu'Angh
était adossé au mur. Nu. Complètement nu, et complètement en érection. Pourquoi son sexe semblait-il plus *gros*
aujourd'hui ? Je n'arrivais pas à croire que ce membre gigantesque avait réussi à entrer en moi. Il était digne de celui
d'une star du porno. Pas étonnant que j'ai mal à l'entrejambe. Pas étonnant que mon corps me hurle *Oui ! Encore !*

Je me figeai, surprise, puis instantanément excitée.

« Je... je ne savais pas que tu étais là. »

La commissure de ses lèvres se souleva alors que son
regard parcourait mon corps, en faisait de rapides arrêts sur
mes seins et mon sexe.

« La chambre d'ami est correcte, mais c'est dans ton lit
que je veux être ce soir, bien que je n'aie aucune intention
de dormir. »

Je me léchai les lèvres. Dormir ? Quel intérêt ? En le
revoyant, en revoyant chaque centimètre de lui complète-

ment nu, j'étais excitée, et je savais que je serais insatiable, une fois que j'aurais mis les mains – et la bouche – sur lui.

Nous restâmes debout à nous regarder. J'admirai sa taille, ses trente bons centimètres de plus que moi. Ses cheveux bruns étaient un peu ébouriffés, et visiblement un peu humides, comme s'il avait sauté l'étape du séchoir dans sa hâte de me rejoindre. Ses yeux étaient foncés et pensifs, comme d'habitude, mais la chaleur qu'il y avait en eux était torride. Sa barbe assombrissait sa mâchoire carrée, et j'eus envie de la sentir frotter contre ma peau à nouveau. Ses lèvres pleines étaient entrouvertes, comme s'il respirait fort. Et c'était le cas, car sa poitrine se soulevait. Des poils bruns lui couvraient le torse, surtout entre ses tétons plats et sombres, avant de descendre jusqu'à son nombril. Puis ils rejoignaient les boucles situées à la base de son sexe.

Mais j'avais passé tant d'endroits et je dus faire marche arrière pour admirer ses épaules larges et musclées. Ses avant-bras nerveux qui se contractaient et se détendaient chaque fois qu'il serrait et desserrait les poings. Ses abdominaux en béton, sa taille fine et ses hanches étroites. Puis il y avait son membre, épais et long, surmonté d'un gland large. Sa peau était tendue et lisse, et une veine palpitante le parcourait. Plus bas, ses jambes étaient puissantes, ses cuisses aussi larges que ma taille. Il était construit comme un tank, un tank superbe et alléchant.

Mais il y avait une chose – non, deux choses – que j'avais sautées, deux choses qu'il m'était douloureux de regarder. Les bracelets à ses poignets. Larges et argentés, ils étaient ornés de gravures élégantes. *La marque de sa famille.* Pour lui, les bracelets signifiaient qu'il était revendiqué. Qu'il m'appartenait. Que de toutes les femmes de la galaxie, il m'avait choisie, moi.

C'était une leçon d'humilité, et effrayante aussi, car je

n'étais pas libre de suivre mon cœur. J'avais signé un contrat avec le CR, et je ne pouvais pas partir comme ça. Pas avant d'avoir rempli mes obligations. Et il y avait encore tant de choses à accomplir.

Je pouvais avoir Angh, mais combien de personnes mourraient à cause de mon égoïsme ? Parce que je n'étais pas assez forte pour renoncer à la seule chose que mon cœur avait jamais désirée ?

Lui. Ma bête. Il m'appartenait. La vérité était là, dans ses yeux, dans la façon dont il me regardait, comme si j'étais la seule femme de l'univers. Je savais dans mon âme qu'il se battrait pour moi. Qu'il tuerait pour moi. Qu'il mourrait pour moi.

Je ne l'avais simplement pas compris sur le moment, quand il avait placé les bracelets sur ma poitrine. J'avais été trop distraite par les besoins de mon corps, folle de désir. Pour être avec lui, il ne me suffirait pas de quitter un travail de professeure d'Histoire des Planètes ou d'Espèces Inter-planétaires. C'était les matières où j'avais les plus mauvaises notes à l'école.

À présent, je réalisais à quel point faire plus attention en classe m'aurait été utile. J'aurais immédiatement pu recon-naître les intentions d'Angh, l'intensité de son désir pour moi. Le cadeau qu'il m'avait offert quand il avait placé ces bracelets sur ma poitrine.

Un compagnon. Une vie entière de dévotion absolue et de protection par l'un des hommes les plus forts et hono-rables que je n'avais jamais connus.

Il m'avait offert ses bracelets d'accouplement, et j'avais senti le poids du métal froid lorsqu'il les avait posés sur ma peau brûlante. Mais pas le poids de leur signification. Je les avais refusés. Je n'avais pas voulu qu'il m'offre de bijoux. Je ne pouvais pas en porter dans mon métier. Mais ce n'étaient pas de simples bijoux. Mes bracelets étaient tout aussi puissants que les marques éveriennes. C'était une revendication. Un lien. L'éternité.

Je détournai les yeux en réalisant ce qu'il voulait. Je le désirais. Vraiment. Mon corps me hurlait de refermer la distance qu'il y avait entre nous, de poser mes mains sur lui. De lui sauter dessus. De l'embrasser, de le lécher, de m'empaler sur son sexe. Mais je ne pourrais pas le garder. Pas après cette nuit-là.

Ma vie était consacrée à autre chose. À servir la Flotte de la Coalition, à combattre, à protéger des centaines de planètes et des milliards de vies innocentes. Tout comme Angh avait rejoint les autres guerriers atlans pour combattre la Ruche. J'étais humaine, et je n'avais pas les mêmes clauses de retrait que les autres espèces. Je n'avais aucun des problèmes des habitants des autres planètes. Les Everiens avaient une clause de sortie au cas où leur marque se réveillerait. Les seigneurs de guerre atlans étaient envoyés en prison s'ils étaient affectés par la Fièvre d'Accouplement. Les Prillons pouvaient être séparés de leurs compagnes, mais leurs colliers les liaient télépathiquement, ce qui était super cool. Et flippant. Et les Prillons vivaient et mouraient à bord de leurs vaisseaux de guerre. Ils y élevaient leurs familles. Leurs femmes acceptaient d'avoir deux compagnons au cas où l'un d'entre eux serait tué au combat.

Voilà ce que j'avais appris au sujet des autres espèces et de leurs coutumes. J'étais capitaine. Je dirigeais des unités composées de guerriers humains, trions et vikens. Nous n'étions pas assez grands et baraqués pour affronter les Soldats de la Ruche en combat rapproché. Ça, c'était les espèces plus grandes, les Prillons et les seigneurs de guerre atlans qui s'en occupaient. Ils étaient capables de les déchirer en deux.

Ça, j'y avais assisté. *Ça,* c'était une chose que je savais à propos de l'Atlan qui me dévisageait à présent comme si j'étais la créature la plus désirable de l'univers.

J'avais envie de lui. Et si j'étais tout à fait honnête avec moi-même, j'étais déjà en train de tomber amoureuse de lui. Et pourtant, j'étais coincée à cause de mon contrat. Je n'avais pas de collier spécial, ou de marque ancestrale qui se réveillerait pour me permettre de me désengager comme par magie. Je pouvais rencontrer un guerrier comme Angh et tomber amoureuse de lui, mais ça ne pourrait jamais mener à autre chose qu'un petit coup vite fait.

Qu'est-ce que je fabriquais ? Debout là, à regarder un seigneur de guerre atlan complètement *nu* qui me désirait ostensiblement, à penser à ce que je ne pouvais pas avoir alors qu'il m'offrait exactement ce que je voulais. Lui. Nu. Tout de suite.

« Je ne suis pas fatiguée, Seigneur de Guerre, » dis-je enfin.

J'étais d'accord avec lui, nous ne dormirions pas beaucoup, cette nuit-là. Si je n'avais qu'une nuit avec lui, si c'était ce qu'il voulait, je n'en gâcherais pas une seule seconde avec du sommeil. Je me dirigeai vers lui, et il quitta le mur pour faire la moitié du chemin.

Il leva les mains et balaya les cheveux qui me tombaient sur le visage, mais il ne me toucha pas. Seul son sexe établit un contact entre nous alors qu'il s'enfonçait contre mon ventre. Pour quelqu'un d'aussi baraqué, il était très doux. Je me sentais si minuscule à côté de lui. Mes yeux lui arrivaient à la poitrine, et je ne pus me retenir plus longtemps. Je levai une main et la plaçai sur son ventre, regardai ses muscles frémir, l'entendis prendre une rapide inspiration. C'était électrique, de le toucher à nouveau. Un courant de désir me parcourut, rapide comme l'éclair, jusqu'à mon sexe. Je contractai mes muscles internes de hâte. Je sentis mes tétons durcir douloureusement. Et tout cela n'avait été provoqué que par un unique contact.

Ma main se glissa sur sa droite, suivie par mon regard, qui parcourait son corps pour en apprendre les détails. Une cicatrice par ci, un muscle contracté par là. J'admirais son physique, sa perfection. Je ne prêtai pas d'attention particulière aux parties cyborgs de ses biceps, à la petite lueur métallique dans les muscles tendus de son cou et de ses épaules. Il était magnifique, et tout cela faisait partie de lui, désormais, comme ses autres cicatrices.

Il ne me toucha pas, mais ses poings s'ouvrirent et se serrèrent, comme s'il devait lutter pour ne pas le faire. Je renversai la tête en arrière pour le regarder. Ses yeux sombres croisèrent les miens, et j'y vis son cœur. Il ne me cachait rien. Il était à vif, il souffrait. Pas seulement à cause de son désir brûlant, mais à cause d'une dévotion absolue.

Plonger dans son regard était le plus puissant des aphrodisiaques. Je savais qu'avec lui, j'étais en sécurité. Toujours. Il y avait de l'amour dans ces profondeurs sombres, dans la façon dont il tremblait, dont il se retenait alors que je le touchais. Il me laissait prendre les rênes, pour l'instant, et les tremblements qui lui parcouraient le corps me révélaient que se maîtriser lui coûtait beaucoup. Et pourtant, il le faisait quand même, pour moi.

« Tu es tellement beau, » dis-je à brûle-pourpoint alors que j'écartais les doigts des deux mains pour être le plus en contact possible avec son corps.

J'écartai les lèvres, et ses yeux se posèrent dessus. Et voilà, en un instant, la tension qu'il y avait entre nous se rompit, ainsi que sa maîtrise de lui-même. Ses mains se posèrent sur mes épaules alors qu'il baissait la tête et m'embrassait. Me ravageait.

Je m'enfonçais, me noyais, tourbillonnais, étourdie. Sa langue trouva la mienne, la suça, la lécha. Sa bouche me revendiquait. Une vague de chaleur me submergea, et mon esprit se vida. Je me laissai aller à ce baiser. À ses bras. À nous.

Ses mains calleuses glissèrent le long de mes bras, puis remontèrent, et mes terminaisons nerveuses se réveillèrent à ce simple contact. J'avais la chair de poule, pourtant je n'avais pas froid. J'étais brûlante.

Mais quand sa main se serra sur mon bras, là où j'avais été blessée, je grimaçai. Je gémis dans son baiser. J'avais l'habitude de la douleur, je vivais avec, mais j'avais oublié de m'y préparer. J'avais tout oublié, et nous n'avions échangé qu'un baiser.

Angh recula et me regarda. Sa respiration était haletante, ses lèvres rouges et humides. Ses yeux étaient comme un feu noir, mais plein d'inquiétude. Il leva les mains comme si je l'avais brûlé. Et c'était peut-être le cas, tant j'avais l'impression d'être en feu.

« Je t'ai fait mal, » dit-il.

Je secouai la tête.

« J'étais déjà blessée. »

Il ferma les yeux et poussa un juron.

« C'est inacceptable.

— Tout va bien. Embrasse-moi encore. »

Il plissa les yeux.

« Je refuse de te toucher si tu es blessée, dit-il, et cette fois, ses mots étaient plus sombres, plus graves, comme si c'était sa bête qui parlait. C'est ton bras ? »

Je lui montrai mon coude.

« C'est mon coude. Je me suis fait mal hier soir. »

Je n'en dis pas plus. Je n'en avais pas besoin. En cet

instant, je doutais qu'il veuille savoir comment je m'étais blessée. Il voulait plutôt savoir comment me soulager.

« Il te faut une capsule ReGen ? Allons à l'infirmerie immédiatement.

— Non. Absolument pas. Une baguette suffira à guérir ça. »

Il leva la tête et regarda partout dans la salle de bain.

« Tu en as une ?

— Dans l'autre pièce. »

Il fit un pas en arrière pour me laisser passer, et j'allai la chercher. Ça me faisait bizarre de marcher complètement nue dans mes appartements alors que nous n'étions pas en train de faire l'amour ou de nous embrasser. Mais il avait interrompu notre baiser comme si je lui avais jeté un seau d'eau froide, et il refusait de me toucher. Si je voulais m'envoyer en l'air, il fallait que je guérisse mon bras.

Je me rendis vers le mur et décrochai la baguette ReGen. Je l'allumai et la passai au-dessus de mon bras. La lueur bleue me soulagea rapidement. J'avais bel et bien besoin d'une capsule ReGen, mais Angh n'avait pas besoin de le savoir. Pas maintenant. Mon coude n'était pas cassé, et avec l'aide de la baguette, il finirait par guérir. Je ne voulais pas gâcher cette nuit avec lui à passer des heures inconsciente dans une capsule. Pas moyen. La baguette l'apaiserait et me permettrait d'obtenir ce que je voulais beaucoup plus vite. Lui. En moi. Tout de suite.

Quand il eut repéré où j'étais blessée, il me prit la baguette des mains et l'agita lui-même.

« Pourquoi ne t'en es-tu pas occupée avant ? Ça ne me plaît pas, que tu ne prennes pas soin de toi. »

Merde. J'allais devoir lui sortir un plus gros mensonge, ou lui avouer la vérité.

« Laisse tomber. Ça va. Je vais bien. »

Bon sang. Voilà que je rougissais. Je sentais la chaleur me monter aux joues. Je savais que mon cou deviendrait tout rose, lui aussi. Il ne remarquerait peut-être rien.

Je rangeai la baguette et levai les yeux vers l'Atlan. Il avait les bras croisés, les sourcils haussés. Mince. Il savait que je ne lui disais pas tout.

« Kira, tu seras privée d'orgasme tant que tu ne m'auras pas dit la vérité. »

Oh là là, qu'est-ce qu'il était autoritaire !

« Bon, d'accord. Je... Si je m'étais rendu à l'infirmerie, on m'aurait placée dans une capsule ReGen. Et j'aurais été guérie. »

« Exactement, dit-il d'un air perdu.

— Partout, Angh. *Partout*. »

Voilà, j'avais avoué. À demi-mot, mais j'avais dit la vérité.

« Tu es blessée à d'autres endroits ? demanda-t-il, les yeux pleins d'inquiétude.

— Pas blessée, pas comme tu le crois. Mais j'ai des parties douloureuses. »

Il haussa encore les sourcils, mais il garda le silence. Il attendit, buté. Pourquoi les femmes étaient-elles donc obligées de tout expliquer en détail pour que les hommes comprennent ?

« J'ai mal à cause de notre nuit passée ensemble. L'autre soir. Je ne voulais pas que ça... disparaisse. »

Je baissai le menton, regardai son érection et passai la main autour de son gland épais. Son excitation n'avait pas faibli pendant tous ces bavardages.

« À cause de ton sexe. Je ne suis pas habituée à... Eh bien, à toi. »

Il sourit. D'un air coquin. Et il avait une fossette. Comment avais-je pu la rater ? Seigneur, j'étais fichue. Si je n'avais pas déjà été nue, cette fossette m'aurait convaincue de lui jeter ma culotte.

« Tu voulais te souvenir de notre nuit, de ce que je t'ai fait ?

— Oui. »

Il poussa un grognement. C'était sans doute la bête qui m'informait de son plaisir en entendant ces mots.

Il ne prêta pas attention à la main que j'avais posée sur son sexe et passa les mains autour de mon coude avec délicatesse, comme si j'étais aussi fragile qu'un colibri.

« Tu vas mieux ? » me demanda-t-il.

Je bougeai le bras pour vérifier que la baguette avait fait son travail. C'était le cas, et elle n'avait pas eu besoin de beaucoup de temps. Je n'avais peut-être pas été aussi grièvement blessée que je l'avais cru. Ou alors j'étais tellement folle de désir que mon corps se fichait de tout le reste.

« Oui, dis-je. Et j'ai envie de toi. »

Seules nos respirations emplissaient la pièce, à présent. L'inquiétude avait quitté son regard, remplacée par l'excitation.

« C'est bien, » dit-il.

Il me souleva et me porta jusqu'au lit, sur lequel il m'allongea sur le dos. Il m'y suivit, sa main posée près de ma tête pour ne pas peser de tout son poids sur moi. Il glissa une cuisse entre mes jambes pour m'ouvrir alors qu'il se mettait en position près de mon entrejambe. Je sentis son gland contre mon ventre.

D'une main, il me souleva le genou pour m'ouvrir en grand.

« Tu es mouillée pour moi ?

— Oui, » soufflai-je.

Les draps frais dans mon dos contrastaient vivement avec sa chaleur.

Il me regarda, me dévisagea.

« Je vais le découvrir par moi-même, » dit-il.

Il m'embrassa dans le cou, puis descendit le long de mon corps, en s'arrêtant pour me lécher les tétons.

« Je refuse que mon sexe te fasse mal. La dernière fois, tu étais trempée, et pourtant, tu as eu mal. Je refuse de te faire souffrir, de prendre le risque que tu ne sois pas prête.

— Je suis prête, haletai-je.

— Laisse-moi en juger, » dit-il, son souffle chaud sur mon sexe.

Je cambrai le dos. Je voulais sa bouche, surtout que je savais de quoi il était capable avec. D'une main, il me souleva une jambe. De l'autre, il traça les contours de mon entrée.

« Tu es trempée, dit-il.

— Je te l'avais dit.

— Tu es mouillée, c'est vrai. Mais tu n'es pas prête. »

Il enfonça le bout de son doigt en moi, et je m'arcboutai. Ses mains étaient larges comme des assiettes, ses doigts plus fins qu'un sexe, mais tout de même très épais. Il me mettait en appétit, et j'ondulais contre lui pour qu'il s'enfonce plus profondément. Mais la bête était inébranlable. Il continua de tracer de petits cercles décadents près de mon entrée alors que sa langue lapait paresseusement mon clitoris.

« Angh ! » m'écriai-je en lui passant les mains dans mes cheveux.

J'étais plus que prête. L'orgasme me guettait depuis l'instant ou je l'avais vu dans l'arène. Rien n'avait changé depuis. Ses compétences m'avaient fait jouir tant de fois depuis ce moment, j'aurais dû être rassasiée. Mais non, je n'étais que plus folle de désir. Alors les préliminaires n'étaient pas nécessaires pour me donner envie de lui. En fait, je cambrai le dos et criai mon plaisir alors que ces simples contacts me donnaient mon premier orgasme de la soirée.

« Mon Dieu. Oh, mon Dieu. »

Je lui arrachai pratiquement les cheveux en jouissant. Il n'accéléra pas le rythme, ne cessa pas de me taquiner du bout du doigt, du bout de la langue.

« Angh ! » lançai-je au plafond, mais il refusait de m'écouter.

Je jouis encore, mon corps perdu contre lui. J'étais à sa merci.

Enfin, après quelques minutes, quelques heures, quelques jours, il leva la tête et retira son doigt.

« Tu es mouillée. Tu es prête, » dit-il en se servant du dos de sa main pour essuyer sa bouche trempée.

J'étais incapable de parler, de dire à son imbécile de bête que j'étais prête depuis le début, mais c'était un Atlan dominateur, autoritaire et doué de sa langue. Qu'il soit maudit.

Il cessa de me faire mariner et se replaça sur moi, les hanches contre les miennes, son sexe contre mon entrée.

« Maintenant, » soufflai-je.

Il s'enfonça profondément et m'étira. Mes parois internes se dilatèrent pour le prendre en entier. Comme il n'avait pas enfoncé son doigt profondément en moi, je grognai lorsque mon sexe fut enfin empli par quelque chose. Et ce quelque chose était comme une barre de fer couverte de velours. Longue, épaisse, chaude.

Il m'emplit, m'emplit et m'emplit encore. Ce n'est que quand ses hanches furent pressées contre les miennes que je sus que je l'avais pris en entier.

J'ouvris les yeux et vis qu'Angh me regardait. Ses yeux étaient presque noirs, sa mâchoire serrée. Son front était couvert de sueur, et il se retenait. Il haletait, les muscles serrés.

« Angh, s'il te plaît, l'implorai-je.

— Je ne te ferai pas de mal. »

Je secouai la tête, et mes cheveux glissèrent sur les draps.

« Non, je sais. Baise-moi. Baise-moi aussi fort que tu veux. Aussi fort que nous en avons tous les deux besoin. »

Il se retira et s'enfonça profondément. Avec force. Encore.

« Oui ! » criai-je.

Je voulais qu'il comprenne que c'était ce que je voulais. Ce qu'il me fallait.

Sa main se sera sur ma jambe alors qu'il me baisait avec abandon. Ses coups de reins étaient puissants, et son sexe frottait contre tous mes points les plus sensibles. Son gland cognait contre le fond de mon passage. Angh se frottait à mon clitoris, et il était si sensible que je n'eus pas besoin de me toucher, pas besoin qu'il me touche. Je jouis alors qu'il me pénétrait. Je poussai un cri, me tordis, m'agrippai à son dos, le griffai ; je me laissai aller entièrement à la sensation. J'avais peut-être aussi une bête en moi.

Angh s'enfonça profondément une dernière fois, et ses muscles se raidirent alors qu'il se figeait. Il poussa un grognement, puis gronda en jouissant, et se vida en moi. Je sentis sa semence chaude m'enduire, m'emplir à ras bord.

Nous étions brûlants et en sueur. C'était parfait.

Angh ne prit même pas le temps de reprendre son souffle avant de changer de position. Il était sur le dos, et je le chevauchais, son sexe profondément enfoncé en moi. Il était toujours en érection, comme s'il ne venait pas de jouir. Ses mains se posèrent sur mes hanches, et il me souleva, avant de me refaire glisser sur lui. Mes yeux s'écarquillèrent en sentant ce nouvel angle. J'étais tellement mouillée pour lui, que ça glissait tout seul. Sa semence nous enduisait tous les deux, me rendait glissante alors que je me tortillais sur lui.

« Encore, » dit-il en levant les yeux vers moi. Ses mains se posèrent sur mes seins et jouèrent avec.

« Baise-moi, compagne. Sers-toi de ma queue pour te faire du bien. Ma bête et moi, on veut regarder. »

Je ne pouvais pas le lui refuser. Pourquoi l'aurais-je fait ? J'avais un sexe de bête profondément enfoncé en moi, j'avais déjà trois orgasmes à mon actif, et il voulait m'en donner d'autres.

Je me mis à bouger, à me servir de lui pour me faire du bien. Je n'en aurais jamais assez.

Mais une nuit allait devoir suffire. Alors je posai les mains sur son torse large et je le baisai. Je m'en remis à ce moment. À lui. Je donnais à Angh et à sa bête exactement ce qu'ils voulaient.

Quand nous fûmes tous les deux épuisés, je fis une sieste, allongée sur son torse, son sexe toujours en moi. Ni lui ni moi ne souhaitions que ce moment prenne fin. Il tira les draps sur nous, et je m'assoupis, amoureuse, en écoutant les battements de son cœur alors qu'il caressait mon corps comme s'il ne pouvait pas s'empêcher de me toucher. Bon sang, j'étais tellement amoureuse de lui que s'en était douloureux.

C'était de la folie. *J'étais folle.* Sur Terre, il y avait des rencards. Un dîner et un film. Des promenades dans le parc. Une période pour apprendre à se connaître. Des règles qui nous empêchaient de coucher avec un mec le premier soir. Il y avait même plusieurs types de relation : *ami et plus si affinités*, relation sérieuse, relation légère... tous les couples rentraient dans une *case*. Mais avec Angh, ça avait été... *bang*. Un simple regard dans l'arène avait suffi. Je l'avais désiré. Il m'avait désirée. Et voilà.

Il avait su que j'étais sa compagne à cet instant précis. Et je l'avais peut-être su moi aussi, mais j'avais tenté de me convaincre du contraire.

Je ne pus empêcher mes larmes de couler. Elles me brûlaient les yeux, et j'avais beau cligner des paupières, l'accumulation de douleur qui montait en moi glissa sur son torse une larme après l'autre. Ça n'aurait pas dû être aussi douloureux. Ç'aurait dû être une amourette sans prise de tête. Un coup vite fait pour faire passer notre désir, rien de plus.

Ses mains me couvraient le dos en entier et me caressaient avec douceur.

« Je t'ai fait du mal, Kira ? »

Sa voix était un grondement rauque, et je ris, un rire sans joie.

« Non, Angh. Tu es parfait. Mais je ne veux pas que cette nuit prenne fin, c'est tout. »

Il arrêta de respirer, son cœur battant soudain à tout rompre contre mon oreille alors qu'il s'asseyait. Avec un grognement, il sortit son sexe de mon sexe gonflé et nous fit changer de position pour que je sois assise sur ses genoux. Ses larges épaules me bloquaient la vue sur la moitié du mur situé derrière mon lit, et je les admirais, tentais de graver cette image dans ma mémoire pour la ressortir plus tard et la savourer.

Pour me souvenir qu'il était réel, pas un rêve. Pour me souvenir de la lueur dans ses yeux alors qu'il me regardait comme si j'étais la plus belle chose de l'univers. Pour me souvenir de son corps chaud et solide sous le mien. De la douceur de ses mains, tout le contraire de son agressivité sur le champ de bataille.

Et soudain, le fait de ne passer qu'une dernière nuit avec lui me sembla être la pire erreur de toute ma vie. Comment étais-je censée m'éloigner ? Je l'aimais. C'était la vérité. Il était tout ce que j'avais toujours voulu chez un compagnon. Fort. Honorable. Attentionné. Dominateur. Super bon au lit. Loyal. Devoir tourner le dos à ça me donnerait l'impression que l'on m'arrachait le cœur de la poitrine et qu'on le piétinait avec des bottes.

Il se pencha légèrement en avant, et c'est à ce moment-là que j'aperçus la deuxième paire de bracelets, les plus petits, *ma* paire de bracelets, cachée sous la pile de vêtements qu'il avait posée sur la table de nuit. Il les libéra et me les posa sur les genoux.

Tremblante, je passai les mains autour du métal froid. Je n'avais jamais autant voulu me rendre dans le bureau de la vice-amirale pour lui tendre mes poignets afin qu'elle voie mes bracelets, et lui dire de se mettre ma prochaine mission où je pense.

Mais si je faisais cela, des gens mourraient. Qui, et combien ? Je n'en avais aucune idée. Mais la commandante Phan et moi, on faisait des progrès. Lors de notre dernier voyage dans l'espace pour détruire les mines, j'avais entendu un bourdonnement. C'était plus que ce que j'avais entendu jusque-là. Et il restait d'autres champs de mines dans l'espace. Des dizaines. La Ruche en installait d'autres tous les jours, pour nous combattre. Pour nous *tuer*.

Quel poids avait mon bonheur, quand une unité de combat tout entière comptait sur moi pour assurer sa survie ? Des milliers de guerriers, avec leurs compagnes et leurs enfants ?

Je ne pouvais pas me montrer égoïste. Je n'avais pas été élevée comme ça. Protéger et servir. C'était mon truc. Rien dans le descriptif de mon travail n'indiquait que je pouvais tomber amoureuse d'un Atlan et aller vivre avec lui sur sa colonie-prison. J'aurais passé de super moments au lit, j'aurais fait de beaux bébés, et j'aurais passé le restant de mes jours à me demander ce que mon bonheur coûtait à la Coalition.

Et puis, il y avait Angh. Mon magnifique Angh. Le seigneur de guerre Anghar, un guerrier légendaire, future recrue du Centre de Renseignements lui-même.

Notre accouplement ne coûterait pas un spécialiste en Communications de la Ruche, mais deux.

« Je veux que tu deviennes ma compagne, Kira. »

Il me passa sa main énorme dans les cheveux et leva doucement mon visage baigné de larmes vers le sien pour que je le regarde. Son pouce me sécha la joue.

« Je veux tout te donner. Tout ce que je suis et tout ce que j'ai t'appartient. »

Je ne pouvais pas le regarder dans les yeux et dire ce qui devait être dit. Alors je me penchai en avant et lui embrassai le torse avant d'y poser la joue. Son menton se posa sur mes cheveux, et je caressai les ornements tourbillonnants des bracelets alors que je me confessais :

« J'aimerais beaucoup ça, Angh. Mais je ne peux pas. Je ne suis pas celle que tu crois.

— Comment ça ? Tu m'appartiens, Kira. Je le sens. Ma bête sait qu'elle t'appartient. Vu la façon dont tu te donnes à moi, je sais que tu le sens, toi aussi. »

Des larmes. Encore des larmes. Sa voix était si douce, si grave et si honnête. Je n'étais pas censée lui révéler quoi que ce soit, mais je ne pouvais pas le blesser sans lui dire pourquoi. J'allais devoir l'abandonner, mais il fallait qu'il connaisse la vérité avant.

« Je ne suis pas instructrice à l'Académie. Enfin, si, mais je ne suis pas *que* ça. »

Face à son silence, je pris une grande inspiration, luttai

contre mon diaphragme qui me faisait trembler la voix, et je m'efforçai de faire sortir les mots :

« Je suis une agente de haut rang du CR. Je ne peux pas te dire ce que je fais, ni sous la responsabilité de qui, mais mon contrat court pour encore deux ans, et ils ont tous les droits sur moi, Angh. Tout ce qui est à moi est à eux, et je ne peux pas choisir de prendre un compagnon. Je ne peux pas rompre ce contrat, et je ne sais pas si leur tourner le dos serait la bonne chose à faire. »

Il me passa la main sur le coude, et ses doigts se posèrent sur mon ancienne blessure. Pour moi, ce n'était rien. Terminé. Mais pour lui, c'était un indice, et je le vis mettre en place les pièces du puzzle comme un stratège.

« C'est un Soldat de la Ruche qui t'a fait ça.

— Oui.

— Comment ?

— Je ne peux pas te le dire. »

Il poussa un soupir.

« Dès que je t'ai vu dans cette simulation de bataille, j'ai su que tu ne m'avais pas tout dit, compagne.

— Je ne suis pas ta compagne, Angh.

— Tu es à moi, Kira. Que tu portes ces bracelets ou non, ma bête et moi, nous savons à qui nous appartenons. »

Je lui donnai une tape sur l'épaule, et je me fis mal à la main sans l'affecter le moins du monde.

« Bon sang, Angh ! Crie-moi dessus, ou quelque chose comme ça. C'est nul. C'est injuste. Tu veux être avec moi, et je veux être avec toi. Et cette guerre à la con va tout gâcher. »

Je n'obtins pas de réaction de sa part, cette fois. Il était solide, un roc.

« La guerre, ce n'est jamais facile. Et nous sommes des guerriers, pas des enfants innocents. Nous connaissons le prix à payer. »

Il posa les mains sur mes genoux et me reprit les bracelets des mains, avant de les laisser tomber sur le sol, près du
lit, hors de notre vue, comme s'ils ne comptaient pas.
Comme s'ils n'étaient rien.

« Je sais que tu ne peux pas tout me révéler, mais il faut
que je sache : si tu tournes le dos au CR, des guerriers mour-
ront-ils ? »

Je poussai un soupir.

« Oui.

— Combien ?

— Des milliers. Peut-être plus. »

Si nous ne détruisions pas ces mines et que les unités de
combats étaient repoussées ou vaincues, des planètes
entières tomberaient aux mains de la Ruche.

Il s'allongea sur le lit et me prit dans ses bras. Mes
larmes s'étaient séchées, mais leur goût salé s'attarda
lorsque je me léchai les lèvres.

« Je suis désolée, Angh. Je ne sais pas quoi faire.

— Moi, si, dit-il en me serrant contre son torse. Tu vas te
reposer, compagne, et demain matin, je retournerai sur la
Colonie, et tu feras ce que tu as à faire pour sauver des vies
et gagner cette guerre. Je t'admire, Kira. Je savais que ma
compagne serait une battante. Mais tu es également honorable. Tu es une guerrière née, et je ne peux pas sacrifier des
milliers de vies sur l'autel de notre bonheur. Tu as raison,
ma compagne. Ça a beau être douloureux pour nous deux,
tu as raison. On ne peut pas être ensemble. »

Je sanglotai, et il me serra contre lui. C'était douloureux,
et beau, et ça me brisa en tant de morceaux que je n'étais
pas sûre de m'en remettre un jour.

Lorsque les dispositifs de communication fixés à l'armure qu'il avait laissée par terre vibrèrent quelques minutes
plus tard et que la vice-amirale Niobe lui dit qu'il était

convoqué dans son bureau le lendemain matin à la première heure, je sus que nous avions pris la bonne décision. Nous ne pouvions pas être ensemble, mais Angh se trompait sur une chose : il ne retournerait pas sur la Colonie. Il allait retourner dans l'espace pour se battre, comme moi. La commandante Phan avait besoin de lui pour défendre l'unité de combat Karter, pas de moi. Ils formeraient un duo capable *d'entendre* la Ruche, et cette capacité était inestimable.

J'avais déjà reçu ma prochaine affectation, une mission de reconnaissance pour extraire deux spécialistes en armement hauts-gradés du CR d'une Unité d'Intégration de la Ruche dans l'un des secteurs périphériques. Il fallait que je parte dans quelques heures, à peu près au moment où Angh croyait devoir repartir sur la Colonie.

Encore quelques heures, et ensuite, j'ignorais si je reverrais un jour le guerrier que j'aimais.

Je ne fermai pas l'œil de la nuit. Lui non plus. Nous restâmes dans les bras l'un de l'autre, à nous toucher, à nous humer, à nous embrasser, à nous caresser. Nous fîmes l'amour doucement. C'était tendre et beau, des adieux.

10

*A*ngh, *Bureau de la Vice-Amirale Niobe, Académie de la Coalition, Zioria*

« ENTREZ, SEIGNEUR DE GUERRE, » dit la vice-amirale en se levant de sa chaise.

Son bureau était situé dans un endroit de choix. Au rez-de-chaussée du bâtiment administratif. À l'autre bout du campus, par rapport à la salle de classe de Kira. Elle avait une vue imprenable sur la cour centrale depuis deux fenêtres situées chacune sur un mur différent.

D'après un examen rapide de ma part, la vice-amirale avait mon âge. Elle portait l'uniforme de l'Académie de la Coalition, sa couleur d'un noir profond indiquant son rôle d'instructrice, mais ses épaulettes trahissaient son statut supérieur. Ses gestes étaient cassants, son menton levé d'une façon qui indiquait qu'il ne s'agissait pas d'une visite de courtoisie.

Ça m'allait. Je n'étais pas d'humeur à papoter. Je n'étais

d'humeur à rien d'autre qu'avoir Kira dans mes bras. Mais c'était impossible.

Je pris une grande inspiration alors que je pénétrais dans le bureau bien rangé, en tentant de garder ma bête sous contrôle. Depuis que Kira m'avait dit la vérité, elle rageait, hurlant de frustration et de douleur. Les bracelets à mes poignets étaient la seule chose qui empêchait l'animal en moi de se déchaîner. Ma bête aurait dû être apaisée par le fait que je venais de répandre ma semence en Kira, encore une fois, mais affronter la vérité était comme sauter dans un lac atlan glacial. Toute ma satisfaction sexuelle avait disparu. Surtout alors que je me tenais là. J'avais envie de Kira. Je n'avais aucune envie d'être convoqué dans le bureau de la vice-amirale. Elle avait beau être passablement séduisante, ce n'était pas elle que j'avais envie de baiser. De revendiquer.

Je pensais qu'elle voulait me faire prendre le prochain téléporteur pour la Colonie, même si dans ce cas, elle aurait mieux fait de m'envoyer dans la salle des transports plutôt que dans son bureau. J'avais détruit des objets de l'Académie, baisé une instructrice et j'avais sans doute brisé une dizaine d'autres règles. Je n'avais pas vraiment été subtil, et en tant que cheffe, elle devait montrer l'exemple en me chassant de Zioria à coups de pied aux fesses.

Je m'en fichais. Peu importe ce qu'elle me ferait, à présent. Kira et moi ne pouvions pas être ensemble. Plus rien n'importait. Ma bête grogna et je fermai les yeux, puis respirai par le nez pour ne pas me transformer en bête. La chaleur et la folie de la Fièvre montaient en moi. Je le savais. Je le ressentais. Ma bête y succombait à cause de l'avenir sombre et triste qui m'attendait sans Kira. Ma bête et moi n'avions plus de raison de nous accrocher.

La vice-amirale plissa les yeux alors qu'elle me regardait

tenter de reprendre le contrôle de moi-même. La douleur que j'avais endurée aux mains de la Ruche n'était rien comparée à la souffrance que je ressentais en cet instant. Perdre Kira était la pire torture que je puisse imaginer. La mort serait plus douce. C'était la seule chose qui pourrait m'apporter la paix que je désirais tant. J'avais eu des instants volés de bonheur avec Kira dans mes bras, mais elle n'était pas destinée à être mienne. Je lui avais offert tout ce que j'avais, mon cœur, mon corps et mon âme, mais le destin était contre nous.

Cette guerre était contre nous.

La Ruche m'avait tout pris, finalement.

Je n'avais pas pensé être capable de survivre aux Unités d'Intégration de la Ruche, ou à la souffrance terrible de leurs modifications alors qu'ils me forçaient à devenir l'un d'entre eux. Puis j'avais fait face à la désolation et à la solitude de ma vie sur la Colonie. J'avais survécu à tout ça. Mais ça ? Je préférais être mort qu'être sans ma compagne. Et la quitter ? Le tir de fusil à ions qui m'exécuterait serait plus agréable que ça.

« Je suis instable, dis-je. Je suis prêt à mourir. »

La vice-amirale haussa un sourcil brun, mais à part ça, elle ne laissa transparaître aucune émotion.

« Je vous dirais bien de vous asseoir, Seigneur de Guerre, mais je doute que ce soit très confortable pour vous, vu votre état. »

Non, être obligé de m'asseoir sur une chaise alors que ma bête hurlait de douleur serait impossible.

« Je suis contente que vous soyez disposé à mourir, étant donné que tous les guerriers qui se rendent au combat doivent accepter cette possibilité, reprit-elle. Au Centre de Renseignements, les chances de survie sont encore plus faibles que lors des opérations spéciales. »

Je gardai le silence, en espérant qu'elle en viendrait vite aux faits. Je savais que tout ce qu'elle disait était vrai, mais je n'étais pas une nouvelle recrue. J'étais vieux. Enfin, mon corps ne l'était pas – j'étais un Atlan dans la fleur de l'âge –, mais dans mon âme. J'avais l'impression d'avoir déjà vécu trop longtemps, d'avoir traversé trop de choses. Mon fardeau était trop lourd. Pour Kira, j'étais capable de l'affronter. Mais seul ? Seule, ma bête remonterait à la surface et me forcerait la main. Je deviendrais un danger pour tous ceux que je croiserais. Une bête sans pitié, avec la destruction pour seule obsession.

Je ne pouvais pas laisser cela se produire. Je m'étais battu trop longtemps, trop fort pour être honorable. Pour respecter les enseignements de mon père et de mon grand-père. Ils étaient morts depuis longtemps, mais ils vivaient en moi, dans la force de ma volonté et dans ma détermination à survivre. Je n'étais pas faible, mais j'étais fatigué. Une bombe sur le point d'exploser. Je n'avais ni le temps ni la patience pour jouer.

« Qu'est-ce que je fais ici, Madame la Vice-amirale ? »

Elle s'enfonça dans son fauteuil et tapota lentement son bureau du bout de l'index tout en soutenant mon regard.

« J'ai rencontré une de vos collègue, l'autre jour. Une amie, d'après ce qu'on m'a dit. La commandante Chloé Phan. »

Ce fut à mon tour de hausser un sourcil.

« Oui, je connais la commandante. »

Je n'avais pas l'intention de dire quoi que ce soit d'autre sur mon amie ou ses compagnons avant de savoir où elle voulait en venir.

« La rumeur dit que vous avez détruit l'une des toiles ensemble. Lors de la première attaque de mine sur l'unité de combat Karter. On m'a dit que vous étiez présent. »

Elle guettait ma réaction. Le silence emplit la pièce, et je refusai de confirmer ou d'infirmer quoi que ce soit. Qu'était-elle en train de faire ? Chloé avait-elle des ennuis ?

« Alors ? Les rumeurs sont-elles avérées ? me demanda-t-elle encore, avant de se lever et d'attendre en silence, son bureau la seule chose qui se tenait entre nous.

— Je ne vois pas de quoi vous parlez, » dis-je les dents serrées.

Elle hocha légèrement la tête. Ses cheveux bruns étaient tirés sévèrement en arrière, séparés par une raie au milieu et coiffés en chignon à la base de sa nuque.

« C'est bien. Vous savez garder un secret, dit-elle.

— Madame la Vice-amirale... commençai-je, mais elle leva la main pour m'interrompre.

— Vos missions top secrètes avec la commandante Phan me suffisent. Je veux que vous veniez travailler pour moi. »

La commissure de mes lèvres se souleva. En temps normal, ça aurait été un petit sourire, mais dans le cas présent, c'était un rictus.

« Je doute que les portes de l'Académie résistent long-temps, si je devenais instructeur.

— En effet. Cependant, votre rôle ne serait pas ici, à l'Académie, mais avec le CR. Et il ne s'agirait pas d'une mission ponctuelle, comme votre expérience avec la commandante Phan, mais de quelque chose de permanent. J'ai besoin de quelqu'un avec vos compétences, votre expertise. »

Elle me montra ma tête, et je sus qu'elle parlait de l'im-plant que les médecins de la Colonie avaient été incapables de m'enlever, la technologie de la Ruche si profondément implantée dans mon cerveau que l'enlever me tuerait certainement.

Je croisai les bras sur ma poitrine. Je faisais une trentaine de centimètres de plus qu'elle, et je faisais facilement deux fois son poids. Elle ne semblait pas craindre que je lui fasse du mal ou que ma bête la casse en deux comme une brindille.

« Vous travaillez pour le CR ? » demandai-je.

Que les dieux maudissent le CR. D'abord, l'organisation m'enlevait ma compagne, et maintenant, elle voulait que je devienne son pantin.

Elle hocha une fois la tête.

« C'est exact. Votre capacité à *entendre* la Ruche est cruciale pour l'avancée de nos troupes. Comme vous le savez, l'élimination du réseau de mines qui a attaqué l'unité de combat Karter la première fois a été un succès, mais le vaisseau est coincé par un nouveau déploiement de la Ruche. Ils ont mis à jour leurs systèmes après la destruction de leurs mines dans ce secteur, et nous sommes incapables de reproduire votre succès. La Ruche continue de déployer de nouveaux champs de mines, comme des araignées tissant leurs toiles. Je veux que vous coopériez avec la commandante Phan pour détruire les autres champs de mines. Vous commencerez par le Karter.

— Je vais avoir du mal à combattre la Ruche si je suis mort.

— Nous ferons tout ce qui est en notre pouvoir pour vous maintenir en vie. Le CR a des groupes de combattants, des escadrons de pilotes prillons, et même d'autres Atlans si besoin est. »

Je secouai lentement la tête.

« Je ne tiendrai pas si longtemps, dis-je en lui montrant mes bracelets. Je survivrai peut-être à une mission, deux, avec un peu de chance, mais la Fièvre d'Accouplement s'est emparée de moi. »

Elle jura dans sa barbe. C'était la première fois que je la

voyais exprimer la moindre émotion. Comme elle était
éverienne, je me serais attendu à ce qu'elle soit un peu
moins... expressive. Les Chasseurs éveriens étaient généralement très calmes sous pression. Mais son travail la passion-
nait. C'était nécessaire pour exercer ses deux métiers, cheffe
de l'Académie et vice-amirale du CR, mais très différent des
femmes avec lesquelles j'avais grandi, les Atlannes compa-
tissantes et sereines.

Alors que je la regardais, je me demandai pourquoi elle
n'avait pas encore de compagnon, un homme capable de
s'occuper d'elle comme seul lui le pourrait. Je me demandai
si la marque qu'elle avait sur la paume s'était déjà réveillée,
l'avait déjà poussée à trouver la seule personne qui lui
correspondait vraiment. Je ne pouvais qu'imaginer qu'une
nuit avec son compagnon l'aurait rendue bien moins...
irritable.

« J'imagine, vu la façon dont vous avez arraché la porte
de la salle de classe de l'instructrice Dahl, que c'est votre
compagne.

— Effectivement.

— Très bien. Je la démettrai de ses fonctions immédiatement.

— Non. »

Cet unique mot était comme un coup de canon à ions
dans la petite pièce. Kira était une guerrière honorable. Elle
ne supporterait pas d'être mise sur la touche alors que des
gens avaient besoin d'elle.

« Passez-lui ces bracelets, je me fiche de la manière dont
vous y parviendrez, m'ordonna la vice-amirale, comme si
c'était aussi simple que de refermer les bracelets.

— Elle travaille pour vous, » dis-je.

La vice-amirale haussa les sourcils, mécontente que Kira
ait partagé ses secrets.

« Je vois qu'elle n'est pas fiable.

— Si.

— Alors comment savez-vous qu'elle travaille pour moi ?

— Écoutez, je ne suis pas d'humeur pour ça, et ma bête non plus. La capitaine Dahl est une guerrière honorable. Je veux lui passer mes bracelets. Vous croyez vraiment que je préférerais succomber à la Fièvre, si je peux l'avoir ? »

Je poussai un soupir, mais cela ne me calma en rien. Je repris :

« Elle m'a confié qu'on ne pouvait pas être ensemble parce qu'elle travaille pour le CR. Elle n'a pas donné de noms et n'a pas dit ce qu'elle faisait, mais je ne suis pas stupide. Je sais comment ça fonctionne. Vous savez ce que j'ai fait. J'ai vu de grands guerriers mourir. J'ai survécu à la Ruche, lutté au cours de tant de batailles que j'en ai perdu le compte. Ne me prenez pas pour un imbécile. Et ne vous avisez pas de nous insulter encore, ma compagne ou moi. »

Cette idée ne plaisait pas à ma bête. En fait, l'idée que l'on puisse insulter ou faire du tort à Kira la mettait en rage. Elle avait passé la nuit dans mes bras, complètement brisée, et pour quoi ? Pour cette femme et son manque de respect ? Je ne le permettrais pas.

« Vous mourrez, si vous ne lui passez pas ces bracelets aux poignets, rétorqua-t-elle. Vous serez exécuté. J'ai parlé de vous au gouverneur Rone, et au lieutenant Denzel. Je sais pourquoi on lui a ordonné de vous accompagner, seigneur de Guerre. Et ça ne m'amuse pas du tout.

— Oui, c'est vrai. Je préfère *mourir* plutôt que de la forcer à devenir ma compagne. Elle a fait son choix. La décision lui revient, à elle et à elle seule. »

Je touchai les bracelets pendus à ma ceinture, ma paire plus petite qu'elle aurait dû avoir aux poignets.

« Elle a refusé mes bracelets. Elle m'a refusé moi.

— C'est compréhensible, dit la vice-amirale en croisant les bras, l'air tout aussi contrariée que moi. Elle est instructrice ici, c'est vrai. Mais c'est pour moi qu'elle travaille. Pour le CR. Elle est indispensable à notre équipe. Vous avez peut-être décidé qu'elle était votre compagne, mais elle n'est pas libre de faire ce choix. Elle appartient à la Coalition. Il n'y a pas assez d'agents du CR avec des implants de communication de la Ruche pour que nous puissions nous passer d'elle. Je ne peux pas me permettre de vous faire travailler ensemble. À moins que vos implants soient compatibles, comme par magie ? »

Sa voix n'était pas optimiste, mais curieuse.

« Vous avez déjà entendu de drôles de bourdonnements quand vous êtes avec elle ? demanda-t-elle. Comme si votre implant et le sien tentaient de communiquer ? »

Qu'est-ce qu'elle racontait, bon sang ? Je portai une main à ma nuque et passai le bout de mes doigts sur l'épaisse cicatrice. Kira avait bel et bien une cicatrice sur la nique, mais elle se trouvait sur le côté, plus près de son oreille.

Tout comme celle de la commandante Phan.

Mais même si ma compagne avait un implant, il n'y avait pas de connexion entre le sien et le mien, pas à ma connaissance. Je ne pouvais pas mentir à ce propos. Trop de vies étaient en jeu.

« Non. Rien, je suis désolé. Je ne savais pas que Kira avait un implant similaire au mien.

— C'est bien ce que je pensais, dit-elle en se penchant en avant et en passant en revue des dossiers numériques sur son écran d'ordinateur. Je vais la retirer des forces spéciales immédiatement.

— Non.

— Écoutez, Seigneur de Guerre, elle a tenté de faire équipe avec la commandante Phan, sans succès. Je dois penser aux pertes humaines que l'unité de combat Karter et le Secteur 437 risquent de subir. Plusieurs planètes se trouvent dans ce secteur, et la Ruche les envahira si nous ne pouvons les garder sous le contrôle de la Coalition. Vous m'êtes plus utile qu'elle, et je vous veux vivant. Elle arrête. Vous la remplacez. Je la jetterai en prison, si ça peut vous obliger à coopérer. Je ne vous demande pas votre avis.

— Vous venez de menacer Kira ? »

Ma voix était basse, trop basse. J'étais sur le point de perdre le contrôle.

La vice-amirale ne prit pas la peine de me regarder, comme si ma coopération était garantie. La menace que je posais n'était pas digne de son attention. Elle était stupide. Elle venait de menacer ma compagne. Je connaissais des Atlans qui tuaient pour moins que ça, et ils n'étaient même pas sous l'influence de la Fièvre d'Accouplement.

Elle pianotait sur son écran, et je vis une photo de Kira dans son uniforme d'élève. Elle semblait tellement plus jeune, innocente. Sur la photo, ses yeux brillaient d'impatience et d'espoir. Ce n'était pas l'expression dévastée que j'avais vue sur son visage la nuit dernière.

« Je crois que vous ne comprenez pas très bien, Seigneur de Guerre. Kira est à moi. Elle m'appartient. Selon les lois de la Coalition, la seule façon de rompre un contrat avec le CR est de mourir ou d'être blessé au point d'être incapable de continuer.

— Elle a un compagnon. Si elle accepte mes bracelets, elle sera libérée. Je m'adresserai directement au commandant Karter. »

Il me devait bien ça. J'avais sauvé toute son unité de combat, avec Chloé. Si j'avais besoin de quoi que ce soit, il m'aiderait. Il irait voir le Prime Nial, s'il le fallait.

« Ça ne change rien, dit la vice-amirale. Elle est

humaine. Les terriens n'ont pas les mêmes... soucis que vous. En tant qu'Everienne, je comprends. Mais il n'y a pas de clause de retrait en cas d'accouplement dans les contrats des humains. »

Je pensai à Denzel, à la façon dont il avait regardé Melody, à la façon dont ses yeux la suivaient partout et dont il s'était préoccupé de son bien-être. J'avais envie de voir cette femme sans cœur dire la même chose à Denzel et regarder le monstre qu'elle aurait provoqué se déchaîner.

« Laissez Kira hors de tout ça.

— Non. C'est votre compagne. J'ai besoin de vous vivant. Si elle n'est pas prête à coopérer, je lui forcerai la main. Quelques années en prison ne lui feront pas de mal. Vous aurez droit à des visites conjugales. Plus vite vous vous occuperez de la menace que représente la Ruche, plus vite votre compagne sera libre. »

Elle leva les yeux de son bureau, son regard glacial. Elle pensait avoir gagné, que je ferais tout ce qu'elle me demanderait simplement parce qu'elle menaçait ma compagne. Elle avait tort, mais elle continua de parler :

« Ensuite, vous pourrez aller sur Atlan ou sur la Colonie pour faire de jolis petits bébés. Ce sera tout. Ne tentez pas de quitter la planète. J'ai mis en place une téléportation pour la capitaine Dahl et vous. Vous pouvez disposer. »

Ma bête se figea. Cette femme avait menacé ma compagne. Avait menacé de m'utiliser pour lui faire du mal. Des putains de visites conjugales ? Une téléportation ? Des années en prison ?

La bête prit le contrôle en un clin d'œil, et je me transformai. Mes épaules s'élargirent. Les os de mon visage bougèrent alors que le monstre qu'elle avait éveillé apparaissait dans un rugissement de colère qui fit trembler les lumières.

Je me laissai porter par ma rage et arrachai les bracelets d'accouplement que j'avais aux poignets pour les jeter à mes pieds, oubliés. Rien ne pouvait plus contenir la Fièvre, désormais.

Personne ne se servirait de ce qu'il y avait entre Kira et moi pour la contrôler, pour nous manipuler. Pour nous *utiliser* l'un contre l'autre.

Je réduirais cette planète en morceaux plutôt que de laisser cela se produire.

Je soulevai le bureau et le jetai contre le mur avec une telle force qu'il s'encastra dedans. La vice-amirale eut le bon goût de sembler apeurée. Ma bête avait envie de la tuer, de lui arracher les membres comme à un insecte torturé avant de l'achever.

Elle avait menacé notre compagne.

Les portes s'ouvrirent, et je subis plusieurs tirs de fusil à ions avant de tomber à genoux. C'était ce que j'avais voulu. La bête voulait faire du mal à celle qui nous avait menacés, mais j'étais plus malin que ça. Je savais que nous ne pouvions pas faire ce que la vice-amirale attendait de nous. Je refusais de condamner Kira à des années de prison pendant que cette garde me manipulerait comme un pantin, m'enverrait en mission et me récompenserait en me laissant baiser ma compagne une fois de temps en temps.

Je préférais mourir. Et la bête était d'accord.

Les tirs gagnèrent en intensité. Je sentis l'odeur de ma propre chair brûlée, et je souris alors que la bête croisait le regard de la vice-amirale avec un grand sourire.

« Je. Vous. Emmerde, » dit ma bête pour nous deux.

La vice-amirale hurla qu'elle me voulait vivant, mais je souriais toujours quand tout devint noir.

11

« Il est imposant, Kira. De *partout*. Et si tu savais ce qu'il sait faire avec sa langue. J'ai cru que j'allais mourir.

— Je suis contente pour toi. Vraiment. »

Melody était assise devant moi à notre table habituelle à la cafétéria de l'Académie. La pièce était presque vide. Je voulais rester dans un lieu public pour ne pas me remettre à pleurer. J'avais su que Melody serait là avant son premier cours du matin, et j'avais eu raison. Nous n'étions pas complètement seules, mais personne n'était assis assez près pour entendre ses confidences.

Elle se pencha sur la table pour se rapprocher de moi, et l'avant de son uniforme manqua de se retrouver dans son assiette. Elle avait presque fini son petit-déjeuner, mais elle allait devoir retourner dans sa chambre pour se changer si elle se tachait. Oui, c'était à ça que je pensais alors que mon amie me parlait de Denzel comme s'il s'agissait d'une sucrerie.

Et pour elle, c'était exactement ce qu'il était.

J'étais contente pour elle. Ravie. Je savais ce que ça faisait, de trouver le bon. Je reconnaissais son excitation, sa joie pure. Je l'avais ressentie aussi. Mais elle ne faisait pas face à la douleur aveuglante que causait le fait de tourner le dos à l'être aimé. Non, elle pouvait avoir Denzel, si elle voulait. En tant qu'élève terrienne, elle était ici sur la base du volontariat et elle pouvait arrêter quand elle le voulait. Elle n'avait pas donné les rênes de sa vie au Centre de Renseignements. Quand elle serait accouplée, elle serait libre. Et choisir un compagnon vivant sur la Colonie lui permettrait de rester dans l'espace. Si elle le désirait, elle ne serait pas obligée de retourner sur Terre, et elle pourrait rester avec Denzel sur la Colonie. Comme cette planète recevait peu de compagnes, elle accueillait toutes celles qui le voulaient. Les femmes ne représentaient qu'un faible pourcentage des forces armées, car les Prillons, les Atlans et plusieurs autres espèces ne permettaient pas à leurs femmes de prendre part aux combats. Quand une femme de l'une des autres espèces voulait les rejoindre, ils lui déroulaient pratiquement le tapis rouge.

Leurs compagnes comptaient par-dessus tout. La famille. La vie. Ils se tenaient tous dans l'espace pour protéger la vie et ils ne comprenaient pas que d'autres espèces laissent leurs femmes combattre. Ce qui ne nous rendait que plus déterminées à prouver notre valeur. À être brillantes et impitoyables.

Dans ma tête, arrêter était devenu une marque de faiblesse, pas de force. Et ça m'avait tout coûté. Ça m'avait coûté Angh.

Je repoussai ma douleur, la rangeai dans une boîte et

m'assis sur le couvercle alors que j'écoutais Melody. Je ne pouvais pas sourire ; c'était impossible. Mais je pouvais me réjouir pour elle, l'écouter me dire à quel point Denzel était merveilleux. Je ne lui en voulais pas. Elle était mignonne comme tout, et j'étais contente de la voir si amoureuse. Si heureuse.

« J'avais prévu de démissionner. De partir avec Denzel aujourd'hui.

— Quoi ? »

Je l'avais entendue, ou en tout cas, j'avais entendu la partie où elle disait qu'elle voulait démissionner. J'avais fait la sourde oreille pendant qu'elle me décrivait ses exploits au lit et sa taille. Je ne doutais pas qu'il était très doué, mais ce n'était pas une bête.

« Non, Mel, tu ne peux pas démissionner. »

Elle haussa les épaules d'un air indifférent, en contradic-tion totale avec ses intentions. Quitter l'Académie n'était pas à prendre à la légère. Quelques personnes se faisaient exclure. D'autres trouvaient une compagne ou un compa-gnon, comme les Everiens, et devaient partir. Mais il était rare que quelqu'un s'en aille comme ça. Surtout à une étape si avancée de la formation, comme Melody.

« J'avais *prévu* de le faire. Mais il me reste deux semaines avant la remise des diplômes ; et même si j'aime Denzel et que je veux être avec lui, je ne vais pas mettre ça en péril pour lui. »

Bien. Elle n'était pas bête. Sur Terre, j'avais vu tant de femmes renoncer à leurs vies, à leurs objectifs et à leurs rêves pour un homme. Puis quand l'homme en question les larguait, elles se retrouvaient sans rien. Je refusais de voir Melody renoncer au statut d'officière dans la Coalition après avoir tant sacrifié pour y arriver.

« Je veux savoir que j'ai réussi. Je partirai peut-être vivre sur la Colonie avec Denzel, mais j'ai besoin de me sentir utile. Être officière me permettra de m'intégrer. De servir à quelque chose. »

Elle eut un sourire malicieux et ajouta :

« De servir à autre chose qu'à sauter sur Denzel à la moindre occasion. »

Je poussai un soupir, soulagée.

« Bon sang, pendant une seconde, j'ai cru que j'allais devoir t'emmener au stand de tir et t'utiliser comme cible. Ne dépends jamais d'un homme. Laisse-toi une porte de sorte. Je veux que les choses fonctionnent entre Denzel et toi. Tu ne peux même pas imaginer à quel point. »

Je lui posai une main sur le poignet et poursuivis :

« Mais si pour une raison ou pour une autre, ça ne marche pas, tu pourras te faire muter en dehors de la Colonie. Ou tu pourras accepter des missions tout en restant sa compagne. »

Elle éclata de rire.

« Tu crois vraiment qu'il me laissera combattre la Ruche ? »

Je haussai les épaules.

« S'il veut devenir ton compagnon, il faut qu'il te laisse vivre comme tu le souhaites. »

Son sourire s'effaça et elle me dévisagea.

« Je ne devrais pas être en train de te dire exactement la même chose ? Et toi ? Angh te laissera vivre tes rêves ? »

Mes rêves. *Mes rêves.* C'était tout le contraire de ce que j'avais dit à Melody. J'avais envie de démissionner et de mener une existence tranquille sur la Colonie avec Angh. Il avait traversé tant d'épreuves, bien plus qu'un seul homme ne pouvait le supporter. Il méritait de vivre en paix, avec une compagne. Des enfants. Du bonheur. Et je voulais faire partie de cette vie.

J'en avais assez de me battre, d'être instructrice à l'Académie. J'avais tant donné que je voulais... Eh bien, ce que je *voulais*, c'était Angh.

Je voulais Angh.

Je pensais à Melody, et au fait que si elle quittait l'Académie, un autre élève pourrait toujours prendre sa place. Elle était remplaçable. Même moi, j'étais remplaçable. Si je quittais le CR – même en enfreignant la loi –, quelqu'un d'autre prendrait ma place. Des gens mourraient peut-être, mais pas à cause de ma démission. Des gens mourraient à cause de la Ruche. Le Dr Helion avait sans doute d'autres combattants avec des implants dans le cerveau. Je n'étais pas la seule. Je n'étais pas cruciale. Mais j'étais cruciale pour Angh, et il était crucial pour moi.

« Ne rigole pas, » dis-je.

Elle pencha la tête de côté et m'étudia.

« D'accord. »

Elle savait que j'étais sérieuse, que ce que j'allais lui dire était important. Je ne partageais jamais mes émotions. Elle avait dû me tirer les vers du nez pour que je lui avoue que j'avais passé la nuit avec Angh, après les arènes. Et voilà où ça m'avait menée.

« Et ne me dis pas de suivre mes propres conseils. »

Elle hocha la tête.

« Je démissionne. J'arrête. »

Je regardai mon bracelet de communication et réalisai que j'avais pris cette décision avant même de la rejoindre ici pour le petit-déjeuner. Je n'étais jamais en retard pour une opération. Jamais.

« J'étais censée être dans la salle des transports il y a dix minutes. »

Melody écarquilla les yeux, mais elle ne dit pas un mot.

Je ris, mais c'était un rire sans humour. Je me passai une main sur la tête et ajoutai :

« Je suis amoureuse d'Angh et je veux être avec lui. »

Elle sourit alors, un petit sourire plein de douceur. Dans ses yeux, je lisais de la... pitié ?

« Tu ne portes pas ses bracelets. »

Je ravalai la boule que j'avais dans la gorge. Je refusais de pleurer. Pas ici, pas maintenant. Hors de question.

« Je les ai refusés.

— Pourquoi ? Tu l'aimes, c'est évident. Et il a arraché la porte de ta salle de cours. Je pense que tout le monde sur Zioria sait ce qu'il ressent pour toi. »

Je secouai la tête.

« Je ne peux pas en parler. J'étais sur le point de le laisser partir, mais j'ai changé d'avis. La fenêtre de téléportation pour la Colonie commence dans quelques heures. Je suis sûre qu'il partira à ce moment-là. Je veux partir avec lui. »

Je mourais d'envie de trouver Angh et de le traîner jusqu'au téléporteur, de mettre mon pistolet à ions sur la tempe du technicien pour le forcer à nous envoyer sur la Colonie s'il le fallait. Maintenant que je m'étais décidée, je le voulais.

Tout de suite.

« Je partirai par le prochain téléporteur. Tant pis pour les conséquences.

— Si tu n'es pas allée à un truc que je ne suis pas censée savoir, ton absence a dû être remarquée, me rappela Melody. Ils ne te laisseront partir nulle part. La vice-amirale te jettera en cellule, ou ils te renverront sur Terre. »

Bon, d'accord, elle savait que j'étais plus qu'une simple instructrice, mais elle n'avait jamais rien dit. Je disparaissais souvent de Zioria, et des remplaçants donnaient mes cours sans révéler quoi que ce soit. Melody était ma meilleure amie ici, et je lui avais caché mon secret. Heureusement, elle savait que je faisais *quelque chose*, même si elle ignorait quoi.

« Il faut que je prenne le risque. Je ferai marcher mes relations. J'ai des amis partout. Des tonnes. »

Je pourrais travailler depuis la Colonie. Je pourrais me téléporter depuis cette planète pour partir en mission. Ça demanderait simplement un peu plus d'organisation, si la vice-amirale me voulait à ce point, elle pouvait m'avoir. Mais selon mes conditions.

Denzel arriva et se plaça derrière Melody, une main sur son épaule. Nous le regardâmes toutes les deux.

« Qu'est-ce qui se passe ? » demanda Melody.

Il avait l'air grave, mais même quand il souriait il avait cette expression. C'était peut-être un effet secondaire du temps qu'il avait passé aux mains de la Ruche. Quoi qu'il en soit, il n'était pas aussi grave qu'Angh.

Denzel posa quelque chose sur la table devant moi, et le métal cliqueta en heurtant la surface polie.

Je poussai une exclamation.

Les bracelets. Les bracelets d'accouplement. Je les aurais reconnus entre mille. Mais il n'y avait pas que les miens. Il y en avait quatre.

Je levai les yeux vers Denzel.

« Il est en cellule, » dit-il.

J'ouvris grands les yeux, bouche bée.

« Quoi ? Pourquoi ? Je croyais que vous rentriez tous les deux sur la Colonie ? »

Denzel secoua la tête.

« Je suis venu ici avec Angh pour vous chercher. Ma mission était de le garder sous contrôle, de garder sa bête sous contrôle. S'il ne revenait pas avec vous, je devais l'exécuter. »

Je me levai brusquement, et ma chaise racla le sol avant de se renverser.

« Quoi ?

— Il est en pleine Fièvre d'Accouplement. Depuis les arènes. Depuis votre première soirée ensemble. »

La Fièvre d'Accouplement. Merde. Merde. Merde.

« Il n'est pas obligé de *mourir*.

— Si. La Fièvre ne peut être interrompue que par une revendication. Avec une compagne. »

Moi.

« Mais... »

Denzel leva une main pour m'interrompre.

« Il est trop tard pour ça, maintenant. Il s'en est pris à la vice-amirale. Il a arraché ses bracelets. Il ne lutte plus contre la Fièvre. Il est prêt à mourir. »

Melody se leva également et passa les bras autour de Denzel.

« Ils ne vont quand même pas te demander de tuer ton ami, si ?

— Non, mais je le ferais. C'est la chose la plus honorable à faire, murmura-t-il avant de lui embrasser le sommet du crâne. Il me faisait confiance pour que je le fasse. Je tiendrai parole. »

Mon amie me regarda, et ils restèrent ainsi, figés dans le temps. Je voyais le lien qui les unissait. Il n'y avait pas de bête intérieure, pas de colliers d'accouplement. Ils étaient humains tous les deux. Et pourtant, ils étaient compagnons. C'était indéniable. Le regard torride qu'avait eu Melody quand j'étais arrivée avait disparu, à présent. Il ne restait plus que de l'amour. Une douleur partagée.

Un lien.

J'avais eu tout ça avec Angh, mais je lui avais tourné le dos à cause de mon devoir. De l'honneur.

L'honneur ?

Quel honneur y avait-il à faire mon travail si je ne pouvais pas retrouver Angh à la fin de la journée ? Pour qui me battrais-je ? Pour *quoi* me battrais-je, si ce n'était pas pour ce lien, pour l'amour que partageaient les gens ? J'avais eu tout ça et j'y avais renoncé.

« Et puis merde, dis-je toute seule, en regardant Denzel sans le voir. Et puis merde ! »

Quelques têtes se tournèrent vers nous, mais je m'en fichais.

Angh avait des ennuis. J'avais déjà failli à mon poste, j'étais déjà vouée à lui. Il ne retournerait pas sur la Colonie. Il était là. En prison. Prêt à mourir.

« La vice-amirale n'aura qu'à faire avec. Si elle veut m'avoir, elle devra aussi accepter ma bête. »

Je ramassai les bracelets et sortis de la cafétéria comme une furie. L'heure était venue de revendiquer mon compagnon.

12

La porte de la vice-amirale était fermée. Je le voyais depuis le bout du couloir alors que je marchais droit vers la pièce sans faire attention à son assistant, qui me courait après en disant qu'elle était en train de passer un appel très important.

Je m'en fichais. Elle aurait plus important à gérer avec moi. Angh était en cellule ? Prêt à être exécuté ?

Non. J'allais faire tomber des têtes, et pas celle de mon compagnon. Celle de la vice-amirale, si besoin.

Quand la porte refusa de s'ouvrir, je lâchai un flot de jurons et me servis de mon code d'urgence pour ouvrir la serrure. Avoir un rang élevé avait ses avantages.

« Capitaine, me lança l'assistant. Qu'êtes-vous en train de faire ? Vous ne pouvez pas entrer ! »

Je me tournai, ma main posée sur le pistolet à ions que

j'avais à la hanche. Je ne le dégainai pas, mais la menace était claire.

« Tirez-vous de là, grognai-je presque. Ça ne vous concerne pas. »

L'assistant prillon qui m'avait couru après jeta un coup d'œil à mon regard et recula, les mains levées.

« Très bien. »

Il tourna les talons et regagna son bureau.

« Mais j'appelle la sécurité, dit-il. *Encore.* Bon sang, on ne me paye pas assez pour ce boulot. »

À présent que la porte était déverrouillée, je passai la paume sur le capteur et elle s'ouvrit pour révéler... un capharnaüm.

Le bureau de la vice-amirale était encastré dans le mur. Un tiers du meuble n'était plus visible, et les deux pieds restants pendaient en l'air. Les deux autres avaient été arrachés et jetés au sol. Il y avait des brûlures de tirs de fusil à ions sur les murs, et j'imaginai des vigiles tirer sur mon compagnon.

Oui, mon compagnon.

Il était à moi. Toutes les formalités administratives ne m'intéressaient plus. Et voir les marques de brûlures me prouvait que mes supérieurs pensaient que le règlement passait avant tout. Je ne pouvais qu'imaginer ce qui avait provoqué la furie destructrice d'Angh, et il avait dû falloir beaucoup de puissance de feu pour le maîtriser.

Et ces règles à la con ? Angh et moi trouverions une solution. S'il fallait que nous soyons séparés pendant des semaines, nous le surmonterions. Je ne le lâcherais pas. Sauf s'il ne voulait plus de moi. Et vu la douleur que j'avais à l'entrejambe et les brûlures de barbe que j'avais partout sur la peau, ça ne risquait pas d'être un problème.

Je passai les doigts sur la crosse de mon pistolet alors

que j'examinais le reste des dégâts. Des chaises renversées. Du sang par terre. Que Dieu protège la vice-amirale s'il s'agissait du sang d'Angh.

En parlant du loup...

La vice-amirale était debout dans un coin de la pièce, à l'écart du chaos, et sortait quelque chose dans un petit verre en regardant par l'une de ses nombreuses fenêtres. Vu l'odeur, le liquide dans son verre devait être fort. Ce n'était pas du whisky, car il était transparent, mais il s'agissait d'alcool, sans aucun doute, et je me demandai si c'était son premier verre. Deux des fenêtres étaient brisées, les fissures en forme de toile d'araignée indiquant que quelqu'un de grand – comme un garde prillon – y avait été projeté. La vitre était pare-balles, alors ce qui l'avait frappée avait dû être très lourd, et projeté avec force.

Tant mieux. Angh ne s'était pas laissé marcher sur les pieds.

« C'est le sang d'Angh, Niobe ? »

Je refusais d'appeler cette femme autrement. Nous avions participé à des dizaines de missions ensemble, et nous avions du respect l'une pour l'autre. Cette affaire était personnelle, et elle le savait. Ce qu'elle avait fait, ce qui s'était passé ici, allait bien plus loin que des problèmes amicaux.

Elle prit une autre gorgée de sa boisson et regarda par-dessus son épaule, en direction des taches de sang dont j'avais parlé. Son éclat de rire était dépourvu d'humour.

« Par les dieux, non. Cet Atlan est impressionnant, hein ? Il a envoyé six vigiles à l'infirmerie, et ça, c'était après qu'ils lui ont tiré dessus avec des tranquillisants. C'est bien dommage de le perdre. »

Je fronçai les sourcils.

« Le perdre ? Parlez, Niobe. Qu'est-ce qui s'est passé ici,

bon sang ? Que fait-il en cellule ? Qu'avez-vous *fait* ? Il allait bien, il y a quelques heures.

— Dans votre lit, vous voulez dire. »

Elle haussa un sourcil brun, et je refusai de détourner les yeux face à son regard de défi. Ce n'était pas comme si elle n'était pas au courant. Angh avait arraché la porte de ma salle de classe. Manifestement, notre relation était plus que platonique.

« Oui. Dans mon lit. Il m'appartint. »

Je pénétrai dans la pièce et parcourus la distance qui nous séparait jusqu'à me retrouver face à elle, à côté de la fenêtre brisée. Elle était assez près pour que je lui donne un coup de poing dans le nez, mais je savais qu'il ne fallait pas que je dépasse les limites si je ne voulais pas me retrouver en prison à mon tour, alors j'apaisai la bête qui semblait désormais vivre en moi en caressant la crosse de mon arme. La légère odeur qui provenait du verre ressemblait à celle de la vodka, une boisson typiquement humaine. Je me demandais bien comment elle s'était mise à boire cette boisson qui n'avait rien d'éverien.

Le silence s'éternisa entre nous, et elle se détourna de moi une nouvelle fois pour regarder dehors. Des dizaines d'élèves passaient de bâtiment en bâtiment en riant et en s'entraînant. Ces lieux avaient été mon foyer pendant des années, à présent, et je les adorais, mais j'aimais Angh encore plus. Mon foyer, c'était l'endroit où il se trouvait.

« Il est à moi, Niobe. C'est mon compagnon. Je me fiche de votre approbation. Je peux continuer à travailler pour le CR, mais je démissionne de l'Académie. Si vous avez besoin de moi, je serai sur la Colonie.

— Avec votre compagnon ? »

Quelle question bête.

« Oui, avec Angh.

— Je ne crois pas, Kira. Il est trop tard pour ça. »

Elle me tourna le dos, et je ravalai un grognement de rage face à son indifférence, son calme. Elle était tellement froide. Mais ensuite, je vis vers quoi elle se dirigeait. Une étagère était intacte dans un coin de la pièce. Sur celle-ci se trouvait une bouteille de vodka de l'une des meilleures distilleries russes, et trois verres supplémentaires.

Lorsqu'elle ne dit rien, je pris les bracelets d'accouplement que j'avais accrochés à ma ceinture, et je les brandis tous les quatre.

« Il s'est transformé en bête, c'est ça ? » demandai-je à voix basse.

C'était la voix que je prenais juste avant de tuer mes ennemis. Et là, la vice-amirale n'était pas loin de figurer sur cette liste. C'était pour ça que son bureau était détruit. Il avait baissé les bras, c'était la seule chose qui pourrait le pousser à retirer ses bracelets. *Merde.*

« Ne me regardez pas comme si je vous avais trahie, Kira, rétorqua la vice-amirale. Je ne l'ai pas obligé à retirer ses bracelets. »

Je la croyais, mais elle ne me disait pas tout. La pièce sens dessus dessous me révélait qu'il y avait eu autre chose.

« Mais vous avez fait quelque chose. Qu'est-ce que vous lui avez dit ? »

Elle haussa les épaules et prit une gorgée de vodka.

« Je lui ai simplement proposé un poste. Vous saviez que je comptais le faire, après ma discussion avec la commandante Phan lors de notre dernière mission. Et pour le reste ? »

Elle agita son verre en direction des décombres de son bureau.

— Le reste, c'est son refus. »

Il n'aurait pas détruit la pièce simplement parce qu'il ne voulait pas rejoindre le CR.

« N'importe quoi. Je ne suis pas dupe, » dis-je.

Il s'était forcément passé autre chose. Le guerrier atlan que je connaissais n'aurait jamais pété les plombs à cause d'une simple offre d'emploi. Impossible.

Elle s'envoya le reste de sa vodka et se resservit. Elle me montra la bouteille pour me proposer un verre.

« Une vodka ? Elle vient du pays de ma mère sur Terre. Il n'y a rien de meilleur. »

La vice-amirale était à moitié humaine ? Et Russe ? Elle tiendrait sans doute mieux l'alcool que moi pendant que je roulerais sous la table... si celle-ci avait toujours des pieds.

« J'en ai déjà goûté des tas de fois sur Terre, dis-je. Je ne veux pas boire un coup. Je veux la vérité. »

Elle tourna la tête vers la porte.

« Allez lui poser la question vous-même, Kira. Je n'ai rien fait. J'ai simplement... accéléré le processus, » dit-elle en me montrant les bracelets avant de reposer sa bouteille de vodka sur l'étagère.

J'empilai les bracelets, les entendis cliqueter, les sentis chauffer dans ma paume, et je la regardai boire sa foutue vodka.

« S'il lui arrive quoi que ce soit, je vous tue. »

Son sourire n'avait rien d'amical quand elle dit :

« Êtes-vous en train de menacer une supérieure, Capitaine ? »

Je secouai lentement la tête, lui pris sa vodka des mains et engloutis le verre d'un seul coup. Je grimaçai alors que je sentais le liquide me brûler la gorge et me réchauffer le ventre.

« Non. Je dis la vérité à une femme que j'avais prise pour une amie. »

Je lui tendis le verre, qu'elle prit, et je tournai les talons pour quitter la pièce avant de faire une grosse bêtise.

La prison militaire n'était pas faite pour accueillir un Atlan en mode bestial, surtout quand il était en colère.

Je ne pouvais qu'espérer qu'il n'était pas hors de lui au point de ne pas m'écouter.

Non. Je ne pouvais pas envisager le pire. Je ne pouvais qu'espérer arriver à temps.

————

Kira, Prison Militaire, Académie de la Coalition, Zioria

Les cris de rage de la bête me parvinrent avant même que j'arrive devant sa cellule. Je m'arrêtai net, puis pressai le pas. Il était en colère, blessé, bouleversé. Féroce. Quel que soit le mot, sa bête était en rogne. Et je me languissais d'elle, et d'Angh. Les champs d'énergie le contenaient peut-être, mais les murs qu'il y avait autour n'étaient pas faits pour résister à une bête.

Si Angh était toujours dedans, c'est parce qu'il le voulait bien. Et il n'y avait qu'une raison possible à cela : il ne voyait aucune raison de s'échapper. De se battre. Seigneur, c'était comme si je m'étais pris un tir de fusil à ions en plein cœur. C'était plus douloureux que de voir ce qu'on lui avait fait subir.

Il était attaché à une table, les sangles si larges que l'on aurait dit qu'ils se préparaient à le momifier, pas à le contenir. Après l'avoir maîtrisé et emmené en prison, ils lui avaient fait enfiler la blouse verte de l'infirmerie. Il semblait en bonne santé, vu les circonstances. Dieu merci ; mais cela signifiait qu'il était en pleine possession de ses forces et qu'il était dangereux.

Je ne l'avais jamais vu ainsi. Décérébré. Rugissant. Complètement incontrôlable. Le voir me brisa le cœur à

nouveau. La conversation que nous avions eue la nuit précédente avait été la plus difficile de toute ma vie. Lui dire que
je ne porterais pas ses bracelets avait été terrible, mais
quand il m'avait dit que notre amour ne faisait pas le poids
face à toutes les vies qui seraient perdues si je quittais le
CR… Mon cœur avait été brisé en mille morceaux. Nous
avions tort tous les deux, car je n'étais pas la seule à me
battre. Ce n'était pas à moi de sauver le monde… l'univers. Je
n'étais qu'une pièce d'une machinerie. Une pièce importante, mais une pièce quand même. Si j'étais morte en
mission, on m'aurait remplacée. Le CR aurait envoyé un
autre guerrier à mon poste en quelques heures. Mais je
pouvais travailler tout en étant la compagne d'Angh. J'ignorais pourquoi je ne l'avais pas réalisé plus tôt, mais à présent
que je le voyais dans cette prison, je me rendais compte que
c'était ma faute.

Ce rejet et notre accord l'avaient brisé, lui aussi. Et ça
aussi, c'était ma faute. Je n'étais pas la seule à pouvoir partir
en mission pour sauver le monde. Sauver la galaxie.

Je n'avais même pas été capable de le sauver lui. Mon
compagnon. Le seul homme que j'aie jamais aimé.

Tout ce que je lui avais dit, toutes les raisons que je lui
avais énumérées pour justifier le fait que nous ne pouvions
pas être ensemble étaient absurdes. C'était mon ego qui
avait parlé. Et ma lâcheté. C'était moi qui lui avais fait ça.
Pas la vice-amirale. Pas la Ruche. Il avait survécu à toutes ces
rencontres. Sauf à la mienne.

Seigneur, j'étais une vraie garce.

Je l'avais peut-être brisé, démoralisé au point qu'il était
attaché à une table en prison, mais je pouvais le sauver.
Maintenant. Maintenant que je m'étais réveillée.

« Ouvrez la porte et sortez, sifflai-je en montrant la
barrière.

— Il est plongé dans la Fièvre, Capitaine. Les Atlans vont lui envoyer quelqu'un dans quelques heures pour décider de son sort. D'après ce que l'on m'a dit, un humain est venu avec lui pour l'exécuter si besoin. »

L'élève atlan déglutit, et je vis qu'il y avait de la douleur dans ses yeux, de la douleur pour ce soldat déchu. De toute évidence, il ne choisirait pas de devenir garde après ses études à l'Académie.

« Je ne peux pas vous laisser entrer, ajouta-t-il. Il est trop dangereux, » dit-il en secouant la tête.

Je vis de la réprobation dans son regard lorsqu'il vit les bracelets que j'avais dans la main. Du jugement. Il avait grandi avec cette tradition, qui voulait que l'on exécute ceux qui étaient pris par la Fièvre d'Accouplement, ceux qui ne pouvaient pas être sauvés. Il connaissait la chanson mieux que moi, et pourtant, c'était lui qui semblait triste alors que ma bête intérieure enrageait.

Les quatre guerriers prillons qui montaient la garde avec lui me regardaient comme si j'avais perdu la boule. C'était peut-être le cas, mais il était temps. Mon rang était supérieur aux leurs. Je n'étais pas d'humeur à ce qu'on me résiste.

« Ouvrez la barrière et tirez-vous. C'est un ordre. Il est à moi. C'est mon compagnon. Je ne vous le dirai pas deux fois. »

Les Prillons regardèrent l'Atlan, pas parce que celui-ci avait un rang plus élevé que le leur – ils étaient tous élèves de troisième année, à en croire leurs uniformes –, mais parce qu'il comprenait ce qui se passait mieux que personne.

« Il risque de vous tuer, Capitaine, m'avertit-il. Il risque de vous tuer sans savoir ce qu'il fait. »

La voix rauque de l'Atlan me rappelait celle d'Angh,

mais elle était tellement jeune et innocente. Naïve. Il n'avait pas encore connu la guerre. Il n'avait pas vécu les choses qu'Angh avait vécues. Il était jeune et fragile. Faible.

Pas Angh. Il était fort. Trop fort.

« Il ne me fera pas de mal, dis-je. C'est le guerrier le plus fort que je connaisse. »

Je pris l'un des petits bracelets et me le passai au poignet sous les yeux des gardes. Ils restèrent bouche bée. Ils savaient ce que signifiaient ces bracelets. Ils allaient peut-être me prendre au sérieux, maintenant.

« Il est à moi, et je suis là pour le revendiquer. Dégagez de mon chemin. »

Quand mon bracelet se referma en cliquetant, Angh poussa un rugissement, un bruit que je n'avais encore jamais entendu. Il était à vif, plein de puissance et de rage. Surpris, l'Atlan me prit par le bras pour m'éloigner de la cellule. Je tentai de me dégager alors que je savourais le poids et la sensation du bracelet autour de mon poignet.

Je me retournai et vis qu'Angh avait tourné la tête et plissai les yeux, le regard braqué sur la main du garde sur mon bras.

« Sortez d'ici, vous tous, leur ordonnai-je. Il ne me fera pas de mal, mais il vous tuera sans hésiter. Et ne me touchez pas. Je porte l'un de ses bracelets, je vous déconseille vivement de vous approcher. »

Je fis un pas en avant, vers la barrière, loin des gardes.

L'élève atlan écarquilla les yeux et me lâcha comme si je l'avais brûlé. Il se contenta d'adresser un hochement de tête aux Prillons quand la première sangle d'Angh craqua. Le son retentit comme un tronc qui se brise, et je réalisai que ces attaches ne suffiraient pas à le maîtriser. Pas maintenant qu'il m'avait vue, qu'il avait vu un autre home me toucher. J'avais espéré entrer et lui passer ses bracelets aux poignets pour apaiser sa bête avant de le libérer progressivement.

Malheureusement, cela n'allait pas être possible. J'aurais affaire à un Angh en plein mode bestial. J'allais seulement devoir espérer qu'il était toujours là, quelque part. Que la bête me reconnaîtrait... avec un peu de chance.

J'agitai la main en direction des gardes derrière mon dos, peu désireuse de quitter la bête déterminée à me sauter dessus des yeux. Lentement, délibérément, je passai le deuxième petit bracelet à mon poignet et le fermai avec un cliquètement sous le regard d'Angh. Voilà. C'était fait. J'étais sienne. Je savais que les bracelets étaient amovibles, mais je n'enlèverais plus jamais les miens. Ma décision était prise. Je les garderais pour toujours.

Angh grogna et arracha trois sangles de plus. *Clac. Clac. Clac.* Il serait libre dans quelques secondes, et les murs ne suffiraient pas à le contenir.

« Baissez la barrière et sortez d'ici. Tout de suite. »

Les gardes m'obéirent enfin. Le champ de force électrique cessa de bourdonner et disparut, et seuls le vide et quelques pas me séparaient de mon compagnon. Mais j'attendis, je restai là où j'étais jusqu'à ce que le bruit de bottes des gardes disparaisse et que je sache que nous étions seuls.

Je savais que cet endroit était sous surveillance vidéo, mais en cet instant, je m'en fichais. Angh avait besoin de moi, et je me fichais que quelqu'un nous voie, tant que cette personne se trouvait loin d'ici, hors de portée de la bête qui pouvait littéralement le déchirer en deux.

« Angh, je suis désolée. »

Ma voix était douce, mais forte, assez pour que l'Atlan et sa bête m'entendent, je l'espérais. Il était complètement en mode bestial. Énorme. Il était allongé, mais je savais que debout, il ferait près de deux mètres cinquante. Une boule de muscle. Des poings serrés. Une respiration saccadée. Un regard intense.

« Mienne. »

La bête avait prononcé ces mots sans me quitter des yeux, son regard comme un laser, et je sus qu'il voulait toujours de moi. Mais était-il irrécupérable ? Allait-il me faire du mal ? Je m'étais montrée courageuse, j'avais assuré aux gardes qu'il ne ferait jamais une telle chose. Et il fallait que j'y croie. Il le fallait, sans quoi j'échouerais.

« Tu m'appartiens, Angh, lui dis-je en levant les bras au-dessus de ma tête, comme Wonder Woman et ses bracelets pare-balles. Tu vois ces bracelets à mes poignets ? Je te revendique, Seigneur de Guerre Anghar d'Atlan. Tu ferais mieux de te maîtriser, parce que ta compagne a besoin de toi.

— Mienne. »

Les dernières sangles se rompirent sur son torse et il s'assit. Puis il se mit debout, comme un conquérant, son torse nu splendide. Son pantalon d'hôpital était fin et ne cachait rien du sexe qui pointait déjà vers moi. Épais et long, je savais quelles sensations il me procurerait. Il m'étirerait, m'emplirait. Mais ça, ça n'était que du sexe. Je n'avais pas porté ses bracelets à ce moment-là. À présent, je portais la preuve de mon désir pour lui. Du fait qu'il m'appartenait également.

Je savais ce que voulait sa bête. Et tout mon corps réagit, mon sexe soudain trempé et mon sang bouillonnant d'excitation. Oh, oui, je voulais la même chose. Seigneur, j'en avais vraiment besoin. Savoir qu'il était avec moi. Que nous étions tous les deux fous de désir de nous accoupler. De nous revendiquer l'un l'autre. Je voulais porter sa marque, lui appartenir, à lui et à personne d'autre.

C'était une bête qui s'avançait pour me revendiquer, pas

un homme. Il était énorme, et son regard et sa démarche n'avaient rien de civilisé. Il n'y aurait pas de contacts tendres ou de mots doux comme la nuit précédente. Il était à vif. Sauvage. Complètement déchaîné. Ça allait être différent. Je l'avais poussé à bout, et je lui donnerais ce dont il avait besoin.

Et j'avais tellement envie de lui que mes genoux faillirent céder sous mon poids. Je voulais qu'il me plaque contre le mur et qu'il me pénètre profondément. Je voulais qu'il me donne des coups de reins sauvages. Qu'il gronde et qu'il grogne, que sa bête me baise jusqu'à ce que j'oublie le nom de tous les autres hommes. Je voulais sentir sa revendication dans mon sexe pendant des jours. Pour toujours.

Je pris une grande inspiration et tendis une main pour l'arrêter alors qu'il ne se trouvait qu'à deux pas de moi.

Heureusement, il s'arrêta en haletant. Je savais qu'il était toujours là, quelque part. Mon Angh. Ce n'était pas une bête décérébrée. Il était sauvage, d'accord, mais c'était toujours mon compagnon.

« Tu ne me toucheras pas avant d'être à moi, Angh. Pas avant que ces bracelets retrouvent leur place. »

Je les agitai entre nous, les bracelets dont il s'était débarrassé pour me libérer. Mais ni lui ni moi ne serions libres avant qu'il les remette.

Au lieu de me les prendre des mains, comme je m'y étais attendue, il tendit simplement les deux bras et attendit que je les lui passe aux poignets. Je n'avais pas vraiment réfléchi en enfilant mes propres bracelets, mais à présent, je réalisais le poids qu'ils avaient. Ils étaient plus importants qu'une alliance. Ils représentaient plus qu'un mariage terrien. Ils représentaient l'éternité. Une vie passée ensemble. Des combats menés ensemble. Une mort commune. Ces bracelets ne quitteraient jamais mes poignets. Je me fichais de me faire électrocuter chaque fois que nous nous éloignerions à plus de quinze mètres l'un de l'autre. J'avais vu ce qui pouvait lui arriver, désormais, les risques qu'il prenait, et je ne voulais plus jamais prendre ce risque.

Il se donnait à moi, tout comme il l'avait fait lors de notre première nuit ensemble. Je ne l'avais pas compris sur le coup, mais à présent, je savais. Si je mourais la première, il me suivrait dans la tombe, sa bête incapable de survivre sans sa compagne pour l'apaiser. Où que j'aille, il me suivrait. Il se battrait pour moi, il tuerait pour moi, il mourrait pour moi.

Alors que je refermai le premier bracelet autour de son poignet, je réalisai que j'étais plus que prête à faire la même chose pour lui.

« Je t'aime, Angh. »

Je saisis son deuxième poignet, le bracelet représentant la dernière étape pour me lier à cet homme magnifique pour toujours. Je me fichais des conséquences. La seule chose qui m'importait, c'était lui.

« J'aurais dû te le dire avant, ajoutai-je. J'aurais dû te passer ces bracelets aux poignets hier soir. Je suis navrée. »

Je refermai le deuxième bracelet, et Angh continua de rester immobile, comme si le moindre mouvement risquait de l'anéantir.

Je retins mon souffle.

Les choses ne se passaient pas comme je l'avais prévu. Il était censé être en train de m'embrasser passionnément et sauvagement, pas de me regarder comme si j'avais tué son chiot préféré.

Il était fort, discipliné, ou en tout cas suffisamment pour se retenir, et il était blessé. Il souffrait. Je lui avais brisé le cœur, et je me détestais de l'avoir fait. Il avait été prêt à *mourir* à cause de moi.

Alors je continuerais à prendre les choses en main, à nous guider tout au long de cette revendication. Les bracelets étaient enfilés, mais il restait du chemin. Je soulevai mon armure au-dessus de ma tête et le laissai tomber par terre. Je retirai mon tee-shirt ensuite, ainsi que mon soutien-gorge.

Angh se mit à respirer plus fort, mais ses yeux n'avaient toujours pas quitté les miens lorsque j'eus fini de me déshabiller, vêtue de rien d'autre que les bracelets. Ses bracelets. Sans eux, je me serais sentie nue même en étant complètement habillée. Ils étaient tout ce qu'il me fallait.

Quand il continua de me dévisager sans bouger, je me dirigeai vers lui et l'enlaçai. Torse contre torse. Son pantalon d'hôpital tout fin était la seule chose qui nous séparait. Je sentais son érection contre moi, la chaleur de sa peau, les muscles imposants de sa bête. Je ne savais pas quoi dire d'autre. Quoi faire d'autre.

« S'il te plaît, pardonne-moi d'avoir été si stupide. »

Avec un grognement, il me retourna, mon dos pressé contre son torse, et me porta jusqu'au mur, dans lequel était encastré un grand crochet en métal. La vitesse à laquelle il me déplaça me coupa le souffle, mais je ne luttai pas. Il me leva les poignets et les plaça au-dessus du crochet, avant de les activer d'une façon ou d'une autre pour que je sois coincée, sur la pointe des pieds, les bras par-dessus la tête. Complètement à sa merci.

« Mienne, » me grogna la bête à l'oreille.

Je tournai la tête pour le voir arracher le pantalon d'hôpital et le laisser tomber par terre. Il était nu, son sexe énorme, dur et trempé de liquide pré-séminal. Je me mis instantanément à mouiller. J'avais envie de lui. Je voulais qu'il me prenne sauvagement contre le mur. Tout de suite.

« Oui, soufflai-je. Tu es à moi, Angh. Mon compagnon. Baise-moi. Vas-y. J'ai besoin de toi. Revendique-moi. »

Je me tortillai, tentant de libérer mes mains pour me retourner et le toucher. Pour l'embrasser.

Mais c'était lui qui commandait, à présent, et il n'avait pas du tout l'intention de me laisser faire. C'était comme ça que c'était censé se passer. Peut-être pas en prison, mais sauvagement, avec brusquerie, la femme à la merci de l'homme. À la merci de la bête. C'était la seule fois où la bête était autorisée à prendre le dessus sur l'homme, le temps de me revendiquer pour être apaisée, pour que la Fièvre d'Accouplement prenne fin.

« Prête ? »

La bête se plaça derrière moi, son sexe pressé contre le bas de mon dos, ses énormes mains sur mes seins, pas avec tendresse, mais pour les pétrir comme s'il voulait me dévorer. Tout entière.

Quelques secondes plus tard, il posa une main sur mon clitoris, le dépassa et s'enfonça profondément en moi pour vérifier que j'étais bien mouillée, que j'étais prête.

« Angh ! »

Je renversai la tête en arrière, sur sa poitrine, et je me tortillai en tentant de presser mon clitoris contre sa paume rugueuse, de m'empaler sur son doigt. Mais je n'avais aucun appui, aucun moyen de bouger, de faire quoi que ce soit, à part le laisser me donner ce qu'il voulait. C'était tellement bon, une brûlure si puissante qu'un contact de plus suffirait à me faire jouir.

Lorsqu'il leva les hanches et m'emplit d'un seul coup de reins, je faillis avoir un orgasme. Il était tellement épais. Tellement long. Je me contractai autour de lui pour tenter de m'ajuster. Il était presque trop gros, mais je pouvais le prendre. En entier. Chaque centimètre dur et sauvage.

J'avais tant envie de lui. C'était la première fois que nous étions vraiment ensemble, en tant que compagnons. C'était tout ce qui nous avait manqué jusque-là, et je réalisai que je m'étais toujours retenue, rien qu'un peu. Je voulais le faire sauvagement. Brutalement. Je voulais qu'il ait un contrôle total sur moi.

« Mienne. »

Son grondement poussa mon sexe à se serrer sur lui à toute vitesse, et sa bête gémit en même temps que moi.

Il se servit de ses mains pour m'écarter les cuisses, et mon désir lui enduisit les paumes. Je me glissai un peu plus sur lui, le pris plus profondément, et son gland épais cogna en moi avec une pression qui grandit de plus en plus jusqu'à me donner l'impression que j'allais exploser s'il ne bougeait pas. C'était mon tout. Il était en moi, il me revendiquait. J'étais sienne, et il ne me laisserait jamais l'oublier.

———

Angh

Je revins lentement à moi, la bête peu désireuse de partager les commandes quand elle était précisément là où elle voulait être, enfoncée dans notre compagne, les bracelets à ses poignets, son antre chaud et mouillé serré comme un poing autour de nous, à aspirer notre semence.

J'avais entendu chaque mot qu'elle avait prononcé, et la bête s'était fait une joie d'ignorer les menaces de la vice-amirale et de prendre ce qu'elle voulait. Kira.

Avec un effort énorme, je m'étais retenu. Je savais que la prendre serait mal. Mais ma bête refusait d'écouter. Je l'avais empêchée de nous dominer complètement, jusqu'à ce que Kira se déshabille et que l'odeur de sa chaleur mouillée m'emplisse d'un désir si puissant que je n'avais plus pu résister à la Fièvre d'Accouplement, ni empêcher ma bête de prendre ce qui lui appartenait. Ce qui nous appartenait.

Elle. Notre compagne.

Apaisée, la bête m'avait enfin autorisé à partager un peu de l'espace dans notre tête. À présent, nous taquinions Kira. Nous lui donnions des coups de reins lents. Elle était impuissante, soumise, et nous faisait confiance.

Ce sentiment était très puissant, entêtant, et je sus que Kira était tout pour moi. Tout.

Je la baiserais. Je l'emplirais de ma semence. Je la revendiquerais.

Et je ferais tout ce qu'il faudrait pour assurer sa sécurité. Et si pour cela, je devais éliminer la vice-amirale, alors je le ferais. Personne ne se servirait d'elle pour me contrôler, et vice-versa. Personne. Et avec les bracelets à nos poignets, tout le monde le saurait.

Je tuerais jusqu'au roi de Prillon Prime ou le dirigeant de ma planète d'origine, si besoin.

Je voulais que cela dure toujours, notre lien, la sensation délicieuse d'être profondément enfoncé en elle, mais l'odeur de sa peau, sa chair tendre contre mon torse, ses fesses qui rebondissaient contre mes hanches, c'était trop. L'orgasme monta en moi, me contractant les bourses dans une douleur exquise, et je sus que je ne tiendrais pas longtemps, qu'il fallait que je la fasse jouir avec moi.

Je posai une main sur son clitoris, le trouvai mouillé et gonflé sous mes doigts, et je la caressai, de plus en plus vite, en allant et venant en elle comme l'animal primitif qu'elle avait fait de moi.

Son cri me poussa à lâcher prise, et son sexe m'aspira alors que mon rugissement retentit dans tout l'étage de l'Académie dans lequel ils m'avaient enfermé.

Je l'emplis de ma semence jusqu'à ce qu'elle déborde et qu'elle lui coule le long de mes cuisses, sur mes bourses. Je l'avais marquée. Il n'y avait plus de retour en arrière possible.

Ma Fièvre d'Accouplement disparut instantanément. Ma bête était apaisée.

Brûlant, en sueur, haletant, je restai en elle, appuyé au mur alors que ma bête se calmait, parfaitement satisfaite pour la première fois depuis des années. Je ne me rappelais pas avoir déjà été aussi rassasié, aussi en paix.

Je posai la tête sur son épaule et l'embrassai avec tendresse. Enfin, de la *tendresse*. Je savais que ma voix serait rocailleuse, mais il fallait que je le dise :

« Je t'aime, Kira. Tu m'appartiens. »

Je la vis sourire alors que je chassais les cheveux humides qui lui tombaient sur le visage.

« Moi aussi, je t'aime, Angh. Tu es ma bête, à présent. Alors ça suffit, les conneries suicidaires, d'accord ? Tu m'as fait une peur bleue. »

Le bonheur que j'avais ressenti se fana. Elle était seulement venue parce qu'elle croyait que j'allais mourir. Elle ne m'avait pas choisi, elle avait choisi de ne pas me laisser mourir.

Avant que je puisse assimiler la nouvelle, quelqu'un s'éclaircit la gorge.

Je me déplaçai immédiatement pour cacher la vue de l'intrus. Mais je ne pouvais pas accomplir de miracles. Les bracelets de Kira étaient toujours activés, lui coinçant les mains sur le mur, au-dessus de sa tête. J'étais toujours profondément enfoncé en elle. Je ne voulais pas me retirer. Pas tout de suite.

Pour être honnête, j'aurais voulu y rester pour toujours.

Une fois Kira à peu près dissimulée, je tournai la tête et

vis que la vice-amirale se tenait là, debout les bras croisés sur la poitrine avec un sourire victorieux au visage.

« Maintenant que tout est réglé, terminez et retrouvez-moi dans la salle des transports numéro deux dans une heure. »

Je poussai un grognement, et ma bête reprit le contrôle. Je n'étais plus déchaîné, mais féroce et concentré.

« Tuer. »

C'était la personne qui avait menacé notre compagne, et ma bête était en colère.

La vice-amirale ne broncha même pas en entendant ma menace.

« Oui, eh bien, vous n'aurez qu'à faire ça en rentrant du Secteur 54, d'accord ? Vous êtes accouplés, maintenant. Vous partirez ensemble. Vous vous battrez ensemble. Je compte sur vous deux pour former la meilleure équipe que le CR ait jamais eue, et un de nos agents attend une extraction immédiate. Alors, à dans une heure. »

Sur ces entrefaites, elle tourna les talons et fit trois pas. S'arrêta. Me regarda à nouveau.

« Oh, et au cas où vous vous poseriez la question, j'ai donné une pause aux gardes qui surveillaient les écrans de vidéosurveillance de la prison, et une partie des enregistrements de la journée disparaîtront mystérieusement de la banque de données de l'Académie.

Puis elle nous laissa seuls, ma compagne et moi. L'homme et la bête étaient tous deux à court de mots.

Était-ce bien la même femme qui m'avait envoyé en prison et m'avait fait attacher à une table dans l'attente de mon exécution ? Avait-ce été son plan depuis le début ? Kira était-elle là par amour véritable, ou parce que cette femme manipulatrice lui avait forcé la main ?

Je ne pouvais pas y réfléchir pour le moment, alors que

j'étais toujours en érection, que les caméras ne tournaient pas et que nous étions seuls. Nous nous rendrions au Secteur 54, mais je baiserais ma compagne une fois de plus avant de partir. Cette fois, c'était moi qui commanderais, pas ma bête. Mais Kira jouirait à nouveau. Je lui donnerais du plaisir. Je la dompterais. Et même si elle était seulement venue pour me sauver la vie, la bête se fichait des règles. Elle se fichait des manigances de la vice-amirale. Elle avait pris ce qu'on lui avait offert, et il était trop tard pour y changer quoi que ce soit.

Kira m'appartenait, à présent, qu'elle l'ait vraiment voulu ou non.

Et je n'avais pas la force de la laisser partir.

13

*A*ngh, *Secteur 54, Avant-Poste des Unités d'Intégration de la Ruche, Cellules de Prison*

J'ENTENDAIS les robots de la Ruche. Ils étaient partout. Ce qui n'était d'habitude qu'un simple bourdonnement dans un coin de mon cerveau était devenu une conversation entre les trios de membres de la Ruche qui se déplaçaient dans la base.

Je comprenais tout. Chaque. Mot.

« Tu entends ça ? »

Accroupie à côté de moi dans un couloir latéral se tenait ma compagne, magnifique, courageuse et vêtue des pieds à la tête d'une armure, son fusil à ions dans les mains. Elle était féroce, et si sexy que j'avais du mal à la quitter des yeux. Je n'avais encore jamais trouvé quelqu'un *sexy* alors que je me trouvais en plein territoire ennemi, mais il fallait une première fois à tout.

Derrière nous, une petite équipe de guerriers humains,

éveriens et vikens attendaient les ordres de leur chef. Kira. Pas moi. En général, les équipes de reconnaissance étaient composées de soldats des espèces plus petites. Ils arrivaient à entrer, à sortir et à se déplacer discrètement. J'étais une vraie nouveauté, et ils me regardaient comme si j'étais un géant maladroit, malgré le fait que j'étais capable de les tuer d'un coup de poing. Alors je ne leur prêtai pas attention.

Kira était là. Je faisais ce qu'elle me disait. C'était tout.

La personne que nous devions évacuer, un agent spécialiste des armes venu de Rogue 5, était censée se trouver au second niveau, au bout de la prison. J'ignorais comment la vice-amirale avait obtenu ces informations, et je savais que même si je lui posais la question, elle ne me dirait rien.

Il n'y avait qu'un seul moyen d'entrer et de sortir du couloir. L'arrière de la prison était composé d'un mur de pierre épais d'une trentaine de mètres. Nous avions des balises de téléportation, mais elles ne fonctionneraient pas si nous étions aussi profondément enfoncés sous terre.

Alors nous allions devoir le libérer et l'emmener à la surface. Mort ou vif. C'étaient nos ordres. Nous ne laisserions pas la Ruche lui faire un lavage de cerveau.

Je jurai dans ma barbe et secouai la tête pour m'éclaircir les idées malgré le bruit que les robots de la Ruche faisaient. Il y avait neuf ennemis sur la base. Trois trios. Et je les entendais tout comme s'ils se trouvaient juste à côté de moi.

La Ruche aimait beaucoup les grottes sombres et désolées.

« Seigneur de Guerre ? »

Le murmure de Kira me poussa à me pencher vers elle pour l'entendre, mais je ne quittai pas le couloir qui s'étendait devant nous des yeux, et je ne baissai pas mon arme. Nous étions sept, mais si la Ruche découvrait notre présence, ses membres se rueraient vers nous et fermeraient les sorties avant de faire venir des dizaines de robots jusqu'à ce que nous soyons piégés.

C'était hors de question. Je préférais encore mourir plutôt que de les laisser me capturer à nouveau. Ou capturer Kira. Je ne les laisserais jamais l'enlever.

« Oui, Capitaine ? »

Je m'adressais à elle avec respect, car j'attendais la même chose des autres guerriers qui nous accompagnaient.

« Vous avez entendu ça ? dit-elle en pivotant pour s'adresser aux autres. Et vous, vous avez entendu ?

— Entendu quoi ? demanda le guerrier viken qui se trouvait non loin d'elle. Je n'entends rien.

— Ce bourdonnement, dit-elle en tapant sur son casque, là où devait se trouver son dispositif de communication. Je crois que je ne capte plus très bien. »

Je retournai toute mon attention sur les couloirs apparemment déserts qui nous faisaient face. La Ruche avançait, et un trio venait dans notre direction pour voir le prisonnier que nous étions venus chercher. Je ne voulais même pas réfléchir à pourquoi je le savais.

Je serrai les poings alors que ma bête enrageait, mes bracelets la seule façon de la contenir. Nous étions avec notre compagne. Nous devions la protéger. Rien d'autre, pas même la colère et la douleur des tortures que ces créatures m'avaient infligées n'avait d'importance, à présent.

Celle qui comptait, c'était Kira. Et la mission lui importait. C'est tout. C'était ma seule raison de vivre. La vice-amirale était intelligente, et sa stratégie était l'une des meilleures de la galaxie. Elle avait obtenu ce qu'elle voulait. Moi aussi. Mais Kira ? Je n'en savais rien.

M'avait-elle véritablement choisi ? Ou la vice-amirale lui avait-elle forcé la main ? Ou...

La bête me hurla de la fermer et d'aller déchiqueter les

Soldats de la Ruche qui arrivaient dans le couloir. Pour une fois, j'étais d'accord avec elle. Tout ce qui pourrait me changer les idées serait une bonne chose.

« Trois membres de la Ruche en approche, couloir de gauche. »

Kira se retourna et leva son fusil.

« Combien de temps ?

— Maintenant. »

Le Soldat de la Ruche qui venait d'apparaître avait été Prillon, grand et dangereux, et son visage tout entier était argenté. Ses yeux étaient en métal, comme ceux de Denzel. Rien ne restait du guerrier qui avait un jour existé, et quand il prit la parole, sa voix était monotone :

« Intrus. Niveau... »

Sa tête se transforma en bouillie dans ma main, là où je l'avais écrasée contre le mur. Mais ses deux compères terminèrent l'appel à sa place avant que je puisse terminer le travail.

« Niveau Deux. Intrus Niveau Deux. »

Des tirs de fusil à ions retentirent derrière moi et abattirent les Soldats restants. Kira poussait un flot de jurons presque trop rapide pour que mon implant de langage le traduise.

« C'est quoi ce bordel, Angh ? On attend qu'ils nous passent devant, et on les attaque par-derrière. On entre. On sort. On ne se fait pas repérer. Compris ? »

Le Viken derrière Kira riait lorsque je me retournai, le corps sans vie du Prillon à la main, oublié.

« Ce n'est pas comme ça que les Atlans agissent sur le champ de bataille, répliquai-je. »

Kira poussa un soupir.

« Ce n'est pas une bataille. C'est une mission de reconnaissance.

— Alors j'étudierai les stratégies de reconnaissance à notre retour.

— C'est pour ça que les Atlans ne font pas partie des équipes de reconnaissance. »

Elle me souriait, à présent, et je sus que j'étais pardonné. Elle posa les yeux sur le membre de la Ruche qui pendouillait dans ma main et ajouta :

« Tu as fini de tuer celui-là ? J'aimerais qu'on aille chercher notre cible et qu'on se tire d'ici. »

Je laissai tomber le Soldat comme une pierre à mes pieds et me dirigeai dans la direction qu'elle avait indiquée, dans un couloir qui nous mènerait au prisonnier de Rogue 5, l'homme qui avait des informations si inestimables dans la tête que le CR était prêt à sacrifier nos vies à tous pour qu'il ne tombe pas dans les mains de la Ruche.

Trouver sa cellule fut un jeu d'enfant. La porte verrouillée était faite en métal, avec des gonds encastrés dans les parois de pierre de la grotte. Pathétique.

Je l'arrachai avec autant de facilité que la porte de la salle de classe de Kira, et je fis un pas de côté pour laisser l'équipe entrer. J'étais à moitié en mode bestial, comme si ma bête refusait de rester en sommeil si elle pouvait s'amuser un peu, et je sus que si je pénétrais en premier dans cette cellule, le pauvre homme ferait sans doute une crise cardiaque.

Je tins la porte alors que Kira et le Viken me passaient devant. Il sourit.

« Et voilà pourquoi il devrait y avoir un Atlan dans chaque équipe.

— La ferme, Farren, dit Kira d'une voix cassante en tapotant à nouveau le côté de son casque, mais ses mots firent rire les membres de son équipe.

— Rokk ? Je suis avec l'équipe de reconnaissance. On va vous sortir d'ici. »

Quelques instants plus tard, le grand guerrier tituba dans le couloir, lourdement appuyé sur Kira et le Viken, les bras autour de leurs épaules. Rokk était affaibli et abattu. Presque nu, les restes de son pantalon déchiré le couvraient à peine. Sa peau était couverte de sang séché. Mais je savais que la Ruche n'avait pas encore commencé à le torturer, car il n'avait aucun implant dans le corps, aucun morceau d'argent dans la chair.

Ma bête avait envie de hurler en pensant aux souvenirs que je faisais de mon mieux pour réprimer. Je n'aurais pas dû avoir de mal à la contrôler, maintenant que j'avais une compagne. Mais ma bête était comme moi, frustrée et incertaine.

Notre compagne voulait-elle vraiment de nous ? Était-ce important ?

Oh, que oui. Et tant que je n'en aurais pas la certitude, ma bête ne serait pas complètement apaisée, et moi non plus.

Je les regardais avancer d'un pas titubant sous le poids du prisonnier, qui semblait mi-Atlan mi-Hyperion, les étranges crocs qu'il avait dans la bouche la preuve qu'il appartenait à cette espèce primitive. Son corps était couvert d'un grand nombre de tatouages, tous dans une langue que je ne connaissais pas.

Kira remarqua ma curiosité.

« Ce sont des noms, Angh. Les noms des gens qu'il a juré de protéger. Le nom des gens de son peuple. Plus le rang est élevé, plus le guerrier a de noms gravés dans sa chair. »

Mon respect pour le guerrier ne fit que grandir alors que je remarquais les centaines de noms inscrits sur la majeure partie de son torse et de son dos. Il surprit mon regard, alors je lui demandai :

« Combien ?

— Deux cent trente-quatre. Je ne suis que lieutenant. »

Je poussai un grognement.

« Laissez-le-moi. »

Le Viken haussa les épaules et me laissa sa place. Quand je fus en place, Kira hocha la tête et recula également. Rokk était immense, mais pas plus grand qu'un Prillon moyen. S'il était Atlan, ce n'était qu'en partie, et j'avais déjà porté beaucoup de frères d'armes sur le champ de bataille sans être aidé.

« Allez-y, dis-je. Je m'en occupe. »

Avec un dernier regard, Kira hocha la tête d'un air confiant et reprit le chemin par lequel nous étions arrivés. Farren, le Viken qui semblait être son allié le plus proche, était avec elle à l'avant pour vérifier les lieux. Ce n'était pas nécessaire. Je pouvais les entendre. Tous. Cela ne m'empêcha pas de paniquer à l'idée que Kira s'éloigne de plus de quelques pas. Elle ne pouvait pas partir trop loin à cause des bracelets, et cela apaisa ma bête.

« Trois Soldats et trois Éclaireurs en approche. La moitié à gauche et la moitié à la sortie. »

Les deux membres de l'équipe de reconnaissance qui se trouvaient derrière moi poussèrent un juron, mais ils s'avancèrent avec leurs armes. Je les arrêtai.

« Non. Prenez-le. Je vais m'occuper des membres de la Ruche.

— Bien, Monsieur. »

Ce n'étaient pas des nouvelles recrues, et ils n'étaient pas stupides. Ils avaient vu de quoi un Atlan en mode bestial était capable pendant une bataille. Et comme il ne s'agissait plus d'une opération discrète, grâce à moi, je pouvais faire le ménage autour de nous.

Je leur donnai le prisonnier et me ruai en avant alors qu'un cri de défi retentissait dans le couloir. J'allais attirer l'attention sur moi pour permettre au reste de l'équipe de les éliminer un par un avec leurs fusils à ions.

« Bon, sang, Angh ! » s'écria Kira.

Mais j'avais participé à plus de batailles qu'elle. Je connaissais très bien la Ruche. Je savais comment elle réfléchissait. Sa façon de penser. J'en avais fait partie, et la colère que je ressentais contre leur espèce bouillonnait en moi.

Ils m'attendaient à l'embranchement de deux couloirs, par lequel nous étions passés quelques minutes plus tôt. Des tirs à ions retentirent contre moi, derrière moi. J'étais cerné, mais je fonçai vers le premier groupe et les déchiquetai à mains nues sans penser aux autres. J'allais achever ces trois-là, puis je passerais aux suivants. Et aux suivants.

La bête hurlait de colère, rendue folle par le besoin de tuer, par le besoin de s'assurer que notre compagne était protégée.

Les trois premiers membres de la Ruche étaient morts, et ma bête se tourna vers l'adversaire suivant.

« Angh ! Une grenade ! »

L'avertissement de Kira résonna contre les parois de la grotte alors qu'un petit objet en métal atterrissait au centre du couloir.

Ma compagne courait. Elle plongea et jeta son corps sur la grenade alors que le reste de l'équipe courait se réfugier. Elle se roula en boule autour de l'objet explosif afin de me protéger de la déflagration.

Putain, non. Elle voulait me protéger. Me sauver.

« Non ! » rugit la bête.

J'étais paniqué. J'avais déjà vu ce type d'armes des

centaines de fois. Je savais exactement ce qu'elle ferait à ma compagne, je savais qu'elle la déchiquetterait.

Les membres de la Ruche avaient disparu, cachés pour échapper à l'explosion.

Silence.

Kira était à terre, haletante. Roulée en boule autour de la grenade.

Rien.

« C'est quoi ce bordel ? » dit Farren en avançant prudemment à quatre pattes.

Je m'approchai également de Kira.

« Non, ne la touchez pas ! lança l'Hyperion d'une voix autoritaire. Ne perturbez pas les fréquences, ou elle explosera. »

Je me tournai vers lui, agacé par ma difficulté à parler. Kira était allongée sur une putain de grenade.

« Pourquoi ? » demandai-je.

Kira roula lentement sur le dos et leva la grenade, qui avait pris une drôle de teinte bleue.

« Je les entends, » dit-elle.

Je me figeai sur place et m'efforçai de me calmer, d'*écouter*.

Elle avait raison. Je les entendais, moi aussi. Et j'arrivais à l'entendre *elle,* la grenade. Quand je levai les yeux vers lui, Rokk expliqua :

« C'est une technologie de la Ruche, conçue pour reconnaître les siens. Ils perdaient trop de Soldats au combat, alors ils ont effectué des modifications sur leurs armes.

— Leurs bombes savent reconnaître qui fait partie de la Ruche ? demanda Farren, les yeux écarquillés.

— Oui, dit Rokk en regardant Kira. Et pour une raison ou pour une autre, elle croit que tu es l'une d'entre eux. »

Elle leva les yeux vers moi et nous nous regardâmes.

Nous savions exactement pourquoi la grenade ne détonnait pas. La connexion nous avait plus liés que jamais, rendant la communication plus claire que ce dont j'avais fait l'expérience avec Chloé dans le vaisseau de guerre Karter. Et cette connexion nous protégeait.

Bon sang. Nous avions un lien, ma compagne et moi, mais il était personnel. À présent, ensemble, nous étions connectés pour entendre la Ruche très clairement.

Si nous pouvions nous servir de ces connaissances sur le champ de bataille, émettre des fréquences de la Ruche pour déstabiliser leurs armes, nous pourrions avoir un énorme avantage dans cette guerre.

Kira me tendit une main et je l'aidai lentement à se lever pour ne pas secouer la grenade.

« Ils ne savent pas quoi faire, dit-elle. Sortons d'ici tout de suite, avant qu'ils trouvent une autre idée. »

Je regardai Rokk et dis :

« Désolé, mais je n'ai pas le temps d'argumenter. »

Sur ces entrefaites, je hissai le lourd Hyperion sur mon épaule et me mis à courir, le reste de l'équipe sur les talons.

Les Éclaireurs qui nous bloquaient la sortie furent des cibles faciles, moins grands et plus lents que les Soldats que nous avions croisés dans les grottes, et je poussai un grognement approbateur alors que Farren et les autres les abattaient rapidement.

Nous courûmes. L'Hyperion grognait chaque fois que son ventre rebondissait sur mon épaule, mais je ne pouvais pas me permettre de me montrer doux. Il avait survécu à la Ruche, et il allait devoir supporter le trajet jusqu'à notre zone de téléportation.

Kira repéra une petite ouverture dans la grotte, assez profonde pour amortir l'explosion de la grenade et elle y jeta l'arme avant de prendre ses jambes à son cou. Une seconde plus tard, la déflagration fit trembler le sol, mais nous continuâmes d'avancer.

Entrer. Sortir. Ne pas se faire repérer.

Ses instructions me résonnèrent aux oreilles jusqu'à ce que nous atteignîmes la zone d'extraction et que je pose l'Hyperion par terre.

Je tendais les mains vers elle lorsque l'énergie du télé-porteur nous entoura, nous déchirant en petits morceaux avant de nous reconstituer de l'autre côté.

Une fois sur Zioria, une équipe médicale nous entoura, et je reconnus la salle des transports numéro deux de l'Aca-démie. Autour de nous, tout le monde vaquait à ses occupa-tions habituelles, comme si la bataille que nous venions de mener contre la Ruche n'avait pas eu lieu. Les gens s'entraî-naient. Allaient en cours. Et pendant ce temps-là, des missions de la plus haute importance se déroulaient sous le nez des élèves.

La vice-amirale Niobe nous attendait également, un sourire sincère sur son visage lorsqu'elle vit Rokk.

« Lieutenant, je suis contente de vous voir sain et sauf. »

Pour seule réponse, il poussa un grognement de douleur alors que les médecins le plaçaient sur une civière afin de le guérir dans la capsule ReGen.

Je ne leur prêtai pas attention et posai les yeux sur ma compagne.

« Kira. »

Elle était en train de saluer la vice-amirale, qui la félici-tait pour son travail. Elle avait fait tout ce qu'il fallait, avait agi en leader.

Mais ce n'était pas pour son équipe qu'elle s'était jetée sur la grenade. Ce n'était pas eux qu'elle avait voulu protéger de la déflagration. C'était moi. Et j'allais lui donner une bonne fessée pour la punir.

« Kira. »

C'était ma bête qui parlait, à présent, contrariée qu'on la fasse attendre. Nous étions furieux qu'elle se soit mise en danger ainsi. Et flattés. L'amour qu'elle nous portait était bien réel. Tellement réel qu'elle s'était jetée sur une grenade pour nous protéger.

Elle avait dû entendre le ton de ma voix, car elle se dirigea vers moi sans dire un mot pour m'enlacer, blottie contre mon torse. Nos armes s'entrechoquèrent et nos armures nous séparaient, mais elle était chaude, vivante et dans mes bras. Cela apaisait ma bête pendant que je digérais la vérité.

Elle m'aimait. Elle était prête à mourir pour moi. À se battre à mes côtés.

À mourir pour moi. Cette partie-là ne nous plaisait pas beaucoup, à ma bête et moi, mais nous en reparlerions plus tard. Elle pouvait se battre à mes côtés, mais ça ne voulait pas dire qu'elle devait prendre des risques absurdes, comme se jeter sur une putain de grenade. Oui, une fessée était vraiment nécessaire.

J'aurais pu la serrer contre moi pendant des heures, me satisfaire de l'enlacer, mais la vice-amirale vint se placer à côté de nous.

« Vous avez toujours envie de me tuer, Seigneur de Guerre ? »

Je poussai un grognement, mais je commençais à la respecter.

« Pas pour l'instant, répondis-je.

— Tant mieux, parce que vous repartez.

— Quoi ? » s'exclama Kira en levant la tête.

Je la pris par les épaules pour la retenir. Apparemment, je n'étais pas le seul à être en colère contre la vice-amirale et ses manigances.

« On a besoin de vous sur les vaisseaux périphériques Karter du Secteur 216, le plus vite possible. »

Kira baissa les épaules, et je sus que je n'aurais pas le temps de souffler. De la fesser. De manger. De dormir. De la masser. De faire des projets. J'avais des projets, et la vice-amirale les contrariait les uns après les autres.

« Quand part-on ? » demandai-je les dents serrées.

La vice-amirale regarda son bracelet de communication.

« Vous avez une heure.

— Super, » marmonna Kira.

Mais elle parlait dans le vide. La vice-amirale était déjà partie.

ngh, Planète Vêpres, Refuge Hélios

« CE N'EST PAS un vaisseau périphérique du Secteur 216, » fis-je remarquer en tournant lentement sur moi-même pour observer les alentours.

Ça ne ressemblait pas du tout à une salle des transports. Kira était à côté de moi, ce qui signifiait que je n'avais pas perdu la tête. Elle éclata de rire, et je me demandai si ce n'était pas elle qui avait perdu les pédales, finalement.

« Toto, j'ai l'impression que nous ne sommes plus au Kansas, » répondit-elle, même si j'ignorais de quoi elle pouvait bien parler.

Je l'agrippai par le bras, soudain paniqué, puis je la plaçai derrière moi. Elle trébucha, mais je tins bon et la gardai derrière mon dos. Ma bête commençait à prendre le dessus. Ce n'était pas la Fièvre, mais mon mode bestial.

« Notre téléportation a été interceptée ? On n'a pas d'armes. »

Ma bête était la seule arme que j'avais.

« Angh, calme-toi. Dis à ta bête de se tenir tranquille.

— Me calmer ? Où sommes-nous ? Qu'est-ce qu'on fait là ? » Le vaisseau périphérique devrait être plongé dans les ténèbres de l'espace. Pas se trouver sur du sable, sous un ciel vert.

Je m'approchai de la grande porte, qui était ouverte pour laisser entrer de l'air chaud, et je traînai Kira derrière moi.

« Et deux soleils, ajoutai-je. S'il y a deux soleils, on doit être à environ... trois années-lumière du Secteur 216.

— Tout ce que j'arrive à voir, c'est le dos de ton tee-shirt, grommela Kira en tentant de se dégager. C'est très beau, ici. Je n'avais encore jamais vu deux soleils. »

Je la regardai en fronçant les sourcils.

« La seule chose qui t'interpelle ici, ce sont les deux soleils ? »

Elle sourit.

« Oui. »

Elle se retourna et s'avança vers la porte, mais je l'attrapai par la taille.

« Angh, on est dans une espèce de lieu de vacances ou d'hôtel, pas sur le territoire de la Ruche. Et on n'est certainement pas sur un vaisseau de guerre. Regarde, il y a une piscine. »

Je tournai les yeux vers l'endroit qu'elle me montrait. Il y avait effectivement une piscine, dont les carreaux donnaient à l'eau une couleur d'un bleu profond.

Kira se tourna vers moi.

« On est dans une chambre, pas une prison, pas une salle des transports. Le lit est à la taille atlanne. Tu vois ?

— Seigneur de Guerre Anghar, Capitaine Dahl, soyez les bienvenus. »

Je me retournai en entendant la voix retentir derrière

nous. Je saisis l'homme par le cou et le soulevai du sol, son corps pressé contre le cadre de la porte avant même que Kira ait le temps de pousser une exclamation de surprise.

« Qui êtes-vous, bon sang ? » tonnai-je.

Kira s'approcha et me tira par le coude alors que les yeux de l'homme se mettaient à sortir de leurs orbites et que son visage pâle s'empourprait. Ses mains étaient agrippées à mon avant-bras, mais il n'avait pas la force nécessaire pour lutter contre ma bête.

« Repose-le ! s'écria Kira.

— C'est une menace. »

L'homme plaqua une main sur le mur jusqu'à ce que le dispositif de communication de la pièce prenne vie.

« Surprise ! fit la voix enjouée de Melody, et je tournai la tête en relâchant l'homme.

— Angh, repose ce pauvre homme. Il travaille ici.

— Ici ? Comme je l'ai déjà dit, où est-on, putain ? »

Je plissai les yeux en regardant l'homme, qui toussait en se prenant la gorge à deux mains. Sa couleur normale était en train de revenir. Il n'était pas Atlan et n'avait pas la couleur d'un Prillon. Je ne savais pas de quelle planète il était originaire.

« Tu vas arrêter de dire putain, oui ? demanda Kira.

— Bonjour, Kira et Angh ! » dit Melody.

Son visage occupait la majeure partie de l'écran de communication. Denzel était derrière elle, les bras croisés, mais il souriait. Il *souriait*.

« Je sais que vous êtes surpris. Ne paniquez pas. On m'a dit que vous vous étiez accouplé dans la cellule – pas très romantique –, et j'ai dit à la vice-amirale Niobe que ce n'était pas une très bonne marieuse. Les couples qui viennent de s'accoupler ont besoin de bougies, de vin, de romantisme, pas de murs de prison et de visites conjugales. Pff. »

Melody leva les yeux au ciel, visiblement déçue par la vice-amirale, puis elle reprit :

« Enfin bref. Elle a demandé l'autorisation au gouverneur Rone sur la Colonie, et elle a changé la destination de votre téléporteur. Vous vous trouvez dans le Refuge Hélios pour votre lune de miel ! »

Elle était tout excitée. Trop excitée pour la lune de miel d'un autre couple. Je ne connaissais pas très bien les astres de la Terre, alors je ne savais pas pourquoi leur lune était faite de miel. J'avais arrêté d'essayer de comprendre l'argot terrien après tout le temps que j'avais passé avec Denzel. Quant à l'exubérance de Melody, je ne la comprenais pas non plus, mais l'air surpris et ravi de Kira me disait qu'elle, si.

Je regardai l'homme qui nous avait surpris. C'était clairement l'un des employés du refuge. Je le voyais très bien à présent, avec son pantalon noir et sa chemise verte ornée d'un logo et du mot Hélios. Il me regardait d'un air apeuré, mais il n'avait pas pris la fuite, et j'étais impressionné par son dévouement. Le *Refuge Hélios*. Je n'en avais jamais entendu parler. Mais j'avais entendu parler de ces refuges où les gens allaient passer des vacances. Je n'avais pas pris de vacances depuis des années, depuis que j'étais devenu seigneur de guerre. Avant la bataille. Avant la Ruche. L'idée de me rendre dans un endroit épargné par la guerre et le danger, voire même par la Ruche, était étrange.

Je croisai les bras sur ma poitrine et tournai de nouveau mon attention vers l'écran.

Denzel posa la main sur l'épaule de Melody, et elle se calma légèrement.

« Vous vous trouvez sur la planète Vêpres, très loin du

champ de bataille, » dit-il avant d'embrasser Melody sur la tempe.

Elle prit le relais :

« Ouais, vous êtes très loin de la Ruche, et cette histoire de vaisseau périphérique, c'était des histoires. Ne paniquez pas.

— Je crois qu'il est trop tard pour ça, chérie. Connaissant Angh, il s'est transformé en bête. »

Kira me regarda. Elle retroussait les lèvres, comme pour se retenir de rire.

« Désolée si on vous a fait paniquer, dit Melody avec un sérieux impressionnant avant de taper dans ses mains. On vous a bien eus. Ha ! J'imagine que demander l'aide de la vice-amirale nous a bien aidés. Je vous jure, pour une demi-humaine, elle n'est pas très marrante. Quant à vous deux, vous avez mérité de vous amuser un peu. Trois jours de sea, sex and sun.

Être envoyés ici était un... cadeau ? De la part de Melody et du gouverneur ? Et le commandant Karter *et* la vice-amirale avaient donné leur accord ? mer, sexe et soleil ?

Je me fichais complètement de la mer et du soleil, mais le sexe ? Pendant trois jours ? Ma bête s'apaisa. Satisfaite. Mon sexe, quant à lui, se mit au garde-à-vous. Il était très content de savoir qu'il allait passer trois jours enfoncé dans Kira.

« Votre téléporteur repartira dans trois jours à huit heures. Soyez prêts. »

Denzel se pencha de nouveau vers l'écran et ajouta :

« Et soyez habillés, parce que vos coordonnés sont préenregistrés, et que vous apparaîtrez dans la position et dans l'état dans lequel vous vous trouverez à ce moment-là. Je vous préviens. Kira est bien jolie, mais je n'ai aucune envie de voir des fesses d'Atlan. »

Denzel nous fit un clin d'œil argenté.

« D'ailleurs... » dit-il en traînant Melody loin de l'écran. Nous ne vîmes plus que la salle des officiers. Mais les gloussements de Melody furent entrecoupés d'un « montre-moi ta grosse queue » avant que l'écran devienne noir.

Je regardai Kira. Elle leva les yeux vers moi.

« J'aurais préféré ne pas entendre ça, dit-elle en riant. Trois jours. Qu'est-ce qu'on va bien pouvoir faire ? »

Je lui caressai les cheveux puis laissai ma main glisser sur son épaule et sur son sein.

« Je vote pour le sexe, » dis-je.

Elle rit. J'adorais ce bruit, si ouvert, si... joyeux. Et l'expression qu'elle avait au visage était quelque chose que j'avais longtemps désiré. Toute la tension causée par son travail avait disparu. Pas d'élèves à encadrer, pas de batailles à mener. Pas de soucis. Pas d'ennuis.

Je n'avais pas besoin d'un refuge pour profiter de ma compagne ; il me fallait simplement de l'intimité. Je n'avais même pas besoin de lit. Mais voir Kira aussi détendue était un plus. Nous avions peut-être besoin de ce moment loin de tout, où nous pourrions nous souvenir qu'il y avait autre chose dans la vie que la Ruche. Les lieux étaient paisibles, la preuve que notre travail était important, que nous protégions les endroits comme Vêpres.

J'allais devoir remercier les gens qui avaient rendu cette escapade possible. Kira souriait, mais c'était à moi de m'assurer qu'elle reste contente.

Ses pupilles se dilatèrent. Sa respiration devint haletante.

— Moi aussi, je vote pour le sexe, dit-elle.

Ma bête se réveilla à ces mots, et dit *Oui, je vote pour le sexe, moi aussi. Beaucoup de sexe.*

Kira s'approcha de moi et me poussa le torse. Je fis un

pas en arrière, et elle me poussa encore. Elle souriait, alors je la laissai faire. Je sentis le lit contre le dos de mes mollets, et quand elle me poussa encore, je tombai assis sur le bord du matelas moelleux.

Le sourire de Kira était tout pour moi en cet instant. Je ne voulais la voir habillée de rien d'autre.

Je commençai à soulever son tee-shirt, mais elle recula, sans se départir de son sourire.

« C'est à mon tour de mener la danse, » dit-elle d'une voix douce, mais rauque.

Le sang qu'il me restait dans le cerveau fonça vers mon entrejambe. Bon sang, qu'est-ce que je l'aimais !

Elle se mit à rougir, et ses yeux devinrent brûlants.

« Et comme je suis instructrice, je vais te donner une leçon très spéciale. Enlevez votre tee-shirt, Seigneur de Guerre.

— Oui, Madame, » répondis-je.

J'étais ravi de lui obéir, si ça voulait dire que moins de vêtements se tiendraient entre nous. Je me déshabillai et attendis qu'elle me donne un autre ordre, mais il ne faudrait pas qu'elle traîne, sans quoi la bête perdrait patience et ferait ce qu'elle faisait de mieux : la baiser jusqu'à ce qu'elle crie mon nom.

« Si je te donne une leçon, je dois savoir que tu es prêt, dit-elle. C'est le cas ? »

Ses cheveux pâles se balançaient dans son dos, mais je n'y prêtai pas attention. Ses seins, bien que couverts uniquement d'un soutien-gorge blanc, se trouvaient juste sous mon nez.

« Seigneur de Guerre, » insista-t-elle.

J'avais oublié sa question.

« Madame ?

— Êtes-vous prêt ? »

Elle tapa d'un pied botté sur le sol comme si elle était agacée de devoir se répéter. Je me mordis l'intérieur de la joue pour m'empêcher de sourire. La regarder en action sur le champ de bataille et sur le terrain d'entraînement de l'Académie m'avait excité, mais ce n'était plus elle qui avait le pouvoir, désormais. C'était un jeu. J'aurais pu la retourner en un instant. Mais non. Je voulais qu'elle ait ce pouvoir sur moi. C'était le cadeau que je lui faisais. Elle me possédait, corps et âme. Et c'était un pouvoir que je n'avais jamais donné à personne d'autre, ni à mes commandants ni à mes compatriotes. Seulement à elle.

J'avais hâte – non, j'étais fou d'impatience – de voir où elle voulait en venir. Je savais que l'issue qu'elle choisirait nous plairait à tous les deux. La destination n'avait pas d'importance, c'était la façon de s'y rendre qui comptait. Et tant que j'étais avec Kira, je serais un Atlan heureux.

Enfin.

———

KIRA

J'aurais le temps de penser à ce que Melody et Niobe avaient fait plus tard. J'irais voir la piscine, le désert et les soleils. Plus tard. La seule chose que je voulais voir pour l'instant, c'était le sexe d'Angh alors qu'il déboutonnait son pantalon pour le sortir.

Je me léchai les lèvres. Oh, oui. C'était le membre que je voulais. Dont j'avais besoin. Que j'étais impatiente de sentir. J'étais trempée, et Angh le découvrirait bien assez tôt. Mais pas tout de suite. Je savais que dès qu'il poserait les mains sur moi, notre petit jeu serait terminé. Et je voulais jouer avec l'homme et la bête. Je voyais le désir primitif qu'il portait en lui alors que la bête m'admirait, prête à bondir, les paupières lourdes. Pour me conquérir. Me revendiquer.

Il pouvait craquer à tout moment, et cette idée me fit tremper ma culotte. C'était comme tenter de dompter un lion. Très excitant. Une excitation qui, je le savais, me donnerait orgasme sur orgasme jusqu'à ce que je sois lessivée au point de ne plus pouvoir bouger.

La dernière fois que je m'étais retrouvée dans cet état, Angh avait posé sa bouche sur moi et m'avait fait jouir à nouveau avec sa langue experte.

Je poussai un gémissement, que j'étouffai en croisant les bras sur ma poitrine. Je n'avais pas l'air très sévère, vu que je ne portais qu'un soutien-gorge.

« Oui, tu es bien prêt, » dis-je.

Son sexe était énorme. Les Atlans étaient grands de partout. Mes parois internes se contractèrent en se souvenant de la sensation qu'il me procurerait en m'écartant avec son gland. Je n'avais jamais été du genre à jouir grâce à une simple pénétration, mais Angh y parvenait. D'accord, mon clitoris était toujours le bouton magique, mais apparemment, mon point g décidait de se joindre à la fête avec Angh, et... oh, Seigneur. Jouir sous ses doigts me faisait perdre la tête.

Une goutte de liquide pré-séminal apparut au bout du sexe d'Angh, et il passa le pouce dessus pour la capturer. Je tendis la main pour saisir son pouce, puis je me penchai en avant pour lécher la goutte. Je me mis à saliver en imaginant son sexe dans ma bouche, long et épais alors qu'il s'enfoncerait dans ma gorge.

Je pris Angh par le poignet et relâchai son pouce. Je m'approchai de lui et ordonnai :

« Déshabille-moi. »

Il ne fallut pas le lui dire deux fois. Je me retrouvai toute

nue sous ses yeux en un rien de temps. Il ne faisait pas froid
– en fait, il faisait chaud et sec, comme au printemps dans
l'Arizona –, mais mes tétons durcirent.

J'avais assez attendu. Angh m'avait prise contre le mur
de la prison à Zioria, mais ça avait été rapide, précipité et
sauvage. Sa bête avait été tout aussi aux commandes que
Angh. J'avais adoré ça. Chaque seconde. Ça avait été primitif
et presque désespéré. Sa bête avait eu besoin de me baiser,
pour s'apaiser et mettre fin à la Fièvre. Angh avait eu besoin
de s'enfoncer en moi, de m'enduire de sa semence pour me
marquer   comme   sienne.   Pour   me   revendiquer
officiellement.

À présent, j'étais sienne. Les bracelets autour de nos
poignets le prouvaient. Sa bête n'avait pas besoin d'être
rassurée. Angh n'avait pas besoin de prouver à l'univers que
je lui appartenais. Nous n'étions que tous les deux. C'était à
mon tour de le posséder, de savoir qu'il m'appartenait, que
son sexe énorme était à mon service.

Et je voulais qu'il s'enfonce en moi. Tout de suite.

« C'est l'heure de votre examen, Seigneur de Guerre. »

Lorsque je posai un genou à côté de lui sur le lit, il retira
la main qu'il avait posée à la base de son sexe. Quand je me
plaçai au-dessus de lui, mon entrée collée à son gland, je
croisai son regard et le soutins.

Et quand je descendis et m'empalai sur lui, nous pous-
sâmes un gémissement. Je dus agiter les hanches pour qu'il
réussisse à entrer, mais j'étais prête pour lui. J'étais prête
depuis la prison.

Il me fallut un moment, mais je me retrouvai enfin assise
sur ses genoux, le dos de mes cuisses contre ses jambes. Ses
poils me chatouillaient la peau, mais il était si profondément enfoncé en moi que j'en avais le souffle coupé.

Je regardai sa mâchoire se serrer, la sueur perler à son

front. Ses mains agrippèrent les draps, dans un effort pour ne pas me toucher, pour ne pas prendre le dessus.

Je me soulevai, puis redescendis. Encore. Et encore.

Mes mains se posèrent sur ses épaules, et je m'y agrippai alors que mon désir prenait le dessus. Je n'arrivais plus à aller lentement. Les sensations qui s'emparaient de moi rendaient cela impossible. Je courais après mon orgasme chaque fois que je m'abattais sur lui en ondulant des hanches et en frottant mon clitoris contre lui. Les bruits mouillés de nos ébats emplirent la pièce. Nos respirations se mêlèrent. Je le repoussai, et il tomba en arrière, hissé sur ses coudes alors qu'il m'admirait. J'avais la place de bouger, à présent, de le chevaucher comme une cowgirl.

Je fermai les yeux et me touchai les seins en bougeant.

« Angh ! Oh, oui. Je vais jouir. Ta queue, Seigneur, elle est tellement... Oh là là. »

Plus je le chevauchais et plus je perdais le fil de mes pensées et je laissai retomber mes mains alors que ses grands doigts se posaient sur mes seins. Il me passa un doigt sur le clitoris, et j'ouvris les paupières.

Je le regardai en jouissant. En criant mon plaisir. En aspirant sa semence. Il poussa un gémissement, se crispa, et je sentis ses jets chauds m'emplir.

Quand j'eus enfin repris mon souffle, je lui dis :

« Tu as réussi. »

Il me prit par la main et me tira vers lui pour m'embrasser, avant de nous faire rouler pour se retrouver sur moi, toujours profondément enfoncé en moi. Il me sourit en me caressant la joue.

« L'examen n'est pas encore terminé, compagne. »

ÉPILOGUE

*A*ngh, Secteur 437, Vaisseau de Guerre Karter, Deux Semaines Plus Tard

« Maman ! » s'écria une petite fille en courant vers Chloé.

J'ignorais comment elle parvenait à courir tout en bondissant de bas en haut, mais à presque deux ans, elle arrivait à se tortiller d'étranges façons.

Chloé se mit à genoux et ouvrit les bras pour serrer sa fille et lui faire plein de bisous.

Je souris. Oui, je souris vraiment. J'étais contente de voir le bonheur de mon amie, de la regarder avec sa famille. Chloé avait des compagnons qui l'aimaient, des enfants. Dorian avait participé à la même mission que nous, en tant que pilote. Son rôle avait beau être spécifique et limité à son cockpit, il avait fait un excellent travail. Je savais que regarder sa compagne partir en mission devait être très difficile pour lui. L'idée que Kira ait mené des missions aussi dangereuses sans moi me faisait paniquer, même si je ne pouvais rien changer au passé.

Mais à présent ? À présent, elle était à mes côtés. Je lui jetai un regard, la regardai regarder Chloé. Seth arriva par la porte coulissante de la salle de réunion alors que notre débriefing touchait à sa fin.

Nous avions réussi. Nous avions détruit les champs de mines de la Ruche qui avaient coincé le vaisseau de guerre Karter pendant des mois. Kira et moi arrivions à entendre les mines Nexus cachées. Et en faisant équipe avec Chloé, c'était presque comme si les armes de la Ruche nous criaient leur localisation. Nous suppliaient de les détruire.

J'étais ravi de le faire.

La fête ne durerait pas plus de quelques heures. La vice-amirale Niobe nous avait déjà contactés pour nous dire que le CR travaillait sur un emploi du temps qui nous enverrait aux quatre coins de la galaxie pour éliminer les mines de la Ruche. Mais le CR avait d'abord besoin de quelques jours pour déterminer où nous devions frapper.

Ils ne nous envoyaient jamais nulle part sans avoir un projet concret. Kira et moi étions des guerriers. Nous irions où ils nous enverraient. Ensemble.

La plupart des membres de l'équipe qui avait pris part à cette mission avaient quitté la salle pour aller prendre une douche, rejoindre leurs compagnons dans leurs cabines ou aller boire un verre à la cafétéria. N'importe quoi pour se détendre avant de repartir en mission.

Seule une poignée de guerriers restaient dans la pièce. Chloé et Dorian, Kira et moi. Jusqu'à ce que la porte s'ouvre en coulissant et que Seth entre juste derrière sa fille, avec son bébé, Christopher, blotti contre son épaule. Les grandes mains de Seth tapotèrent le petit dos. J'ignorais si le bébé dormait, mais il avait une peau couleur caramel et des

cheveux dorés, comme Dorian. Ses traits étaient plus anguleux que ceux de Seth, ce qui trahissait ses origines
prillonnes, mais ses yeux verts étaient ceux de Chloé. Ils
avaient appelé leur petit garçon en l'honneur du frère de
Seth, Christopher, qui avait été tué lors d'un combat contre
la Ruche. Les cheveux du bébé étaient pleins d'épis. Leur
petite fille, Dara, avait les cheveux noirs et les yeux verts de
sa mère. Elle était visiblement humaine, la fille biologique de
Seth. Mais cela n'avait pas d'importance. Les colliers dorés
autour du cou des trois compagnons faisaient d'eux une
famille. Peu importait quelle semence l'avait engendrée, tant
qu'elle était aimée. Et avec cette famille, elle était adorée.

« Tu t'es bien amusée avec dada pendant que j'étais
partie ? » demanda Chloé en parlant de Seth.

J'avais vite compris que Seth était *dada* et que Dorian
était *papa*. J'espérais que les dieux me donneraient aussi un
enfant qui m'appellerait ainsi. Notre enfant, à Kira et moi.

Dara hocha la tête, mais ses yeux curieux étaient
tournés vers moi.

« Je peux revoler ? » demanda-t-elle d'une voix très forte
pour quelqu'un de si petit.

La dernière fois que je l'avais vue, elle avait eu le courage
de venir me voir pour me dire que j'étais géant. Je l'avais
soulevée au-dessus de ma tête, et elle avait poussé des petits
cris ravis. Son plaisir et son innocence m'avaient fait sourire.

Je croisai les bras sur ma poitrine et lui jetai un regard
sévère.

« Tu as mangé tous tes légumes au petit-déjeuner ? »

Elle éclata de rire.

« Seigneur de Guerre, t'es bête, y a pas de légumes au
petit-déjeuner. »

Je me penchai et lui tendis les mains.

« Alors tu peux voler. »

Sans la moindre peur, la petite fille se jeta dans mes bras, et je la fis bondir dans les airs. Ses trois parents poussèrent une exclamation et se précipitèrent vers moi, mais je n'aurais jamais risqué le moindre de ses cheveux. La petite fille gloussa quand je la rattrapai.

« Encore !

— Tu verras, quand tu auras un enfant, tu auras peur de tout, » dit Chloé à Kira.

Ma compagne la regarda, et son corps crispé attira mon attention.

« Pourquoi es-tu restée ? Quand le commandant Karter t'a demandé de continuer à te battre ? Tu as dit à la vice-amirale que tu avais décidé de prendre ta retraite sur Prillon Prime, mais que tu avais changé d'avis. Tu as des enfants, désormais. Tous ces risques, c'est terrifiant. Alors pourquoi es-tu restée ? »

Chloé regarda sa file avec plus d'amour que jamais.

« La nouvelle arme de la Ruche pourrait tout détruire, Kira. Si on ne les détruit pas avant, il n'y aura plus aucun endroit sûr pour mes bébés. Pas de vaisseaux. Pas de planètes, même lointaines. Je ne peux pas vivre tranquille en sachant que cette menace leur pend au nez. Pas sans rien faire. Tu comprends ? »

Kira posa une main sur son bas-ventre, et je m'imaginai un enfant y grandir. Quand elle leva les yeux vers moi, je sus qu'elle pensait exactement à la même chose.

« Oui, et j'admire ton courage. Votre courage à tous les trois. Je veux avoir des enfants, un jour. Et je veux qu'ils aient une chance de grandir heureux. En sécurité. Mais en attendant, j'ai une grosse bête atlanne à superviser. »

Je posai Dara sur ma hanche et regardai Kira.

« À superviser ? Femme, qui c'est qui est partie en mission secrète sans son compagnon ? »

Kira leva les yeux au ciel, et Seth éclata de rire.

« Seigneur de Guerre, vous et votre bête avez besoin d'un petit pow-wow. Je sais que vous n'êtes pas accouplés depuis longtemps, alors je vais vous donner un petit conseil. Les femmes terriennes n'aiment pas qu'on leur rappelle leurs erreurs passées. Ou leurs erreurs tout court, d'ailleurs. »

Je fronçai les sourcils et vis que Kira *et* Chloé avaient les bras croisés sur la poitrine, les yeux plissés.

« C'est quoi, un pow-wow ? » demandai-je.

Kira et Chloé se regardèrent, et je jetai un coup d'œil à Dorian, qui haussa les épaules.

« De tout ce qu'il a dit, c'est ça que vous n'avez pas compris ?

— Est-ce que j'ai l'air d'un terrien ? »

Dara me tapota la joue avec sa petite main.

« T'es grand. Tu viens d'Atlan ! » dit-elle, ravie.

La porte s'ouvrit en coulissant et le commandant entra.

« Oh oh, dit-il en regardant les femmes, puis Dara. Qu'est-ce qu'il a encore fait, ton dada ? »

Dara poussa un petit cri et tendit les bras vers lui en se tortillant comme un ver dans mes bras. Avec un petit rire, je confiai le précieux paquet au commandant Karter, qui prit la petite fille immédiatement par les chevilles pour la faire tourner alors qu'elle lui criait d'aller plus vite.

Chloé poussa un grognement et se plaqua une main sur le front.

« Oh là là, elle est déjà accro à l'adrénaline. »

Kira rit, un son que j'avais rarement entendu de sa part, un grand rire plein de joie.

« C'est décidé. Je n'aurai pas d'enfants. J'aurais trop peur. »

Quand Karter eut terminé, il souleva Dara sur ses épaules, où elle tourna la tête dans tous les sens pour dire qu'elle avait le tournis. Karter la tint fermement et regarda de nouveau Seth.

« Alors ? »

Seth tapota les fesses du bébé et rit.

« Moi ? Je n'ai rien fait. Je *connais* les terriennes. Ce n'était pas moi. »

Dorian leva les mains en l'air quand le commandant se tourna vers lui.

« Non. Je *connais* une terrienne et vous pouvez me croire, j'ai appris ma leçon il y a bien longtemps.

— Alors ça ne laisse plus que vous, Atlan, dit le commandant Karter en me regardant. On dirait que vous avez besoin d'un moment avec votre compagne, Seigneur de Guerre, pour apprendre à ne pas la fâcher.

— Vous aussi, vous auriez bien besoin de temps libre, Commandant, » dit Chloé.

Karter lui jeta un rapide regard, mais il ne fit attention ni à elle ni à son commentaire. Visiblement, le commandant n'était pas d'accord, même s'il travaillait aussi dur, voire plus dur, que tous les autres. Il ne sortait peut-être pas en mission, mais c'était son devoir d'envoyer des gens risquer leurs vies.

« Capitaine Dahl.

— Oui, Monsieur ?

— Emmenez votre bête atlanne dans une des cabines. Vous avez deux jours de congé. Je dirai à la vice-amirale que j'ai besoin de vous un peu plus longtemps. Apparemment, vous ne vous connaissez pas assez bien. Pour l'instant. »

Kira tenta de contenir un sourire.

« Bien, Monsieur. »

Dorian prit le bébé des bras de Seth. L'amour dans ses yeux transforma immédiatement le guerrier en père.

« Donne-moi le bébé. Tu as eu notre famille toute à toi pendant des heures.

— Pas la maman, » dit Seth en embrassant Chloé.

Dara bondit sur les épaules du commandant en scandant :

« Maman, maman, maman. »

Perdu, je regardai tous les visages attendris des guerriers. Ma bête grommelait également, mal à l'aise face à toute cette... *convivialité*.

« C'est ça, un pow-wow ? »

Kira me jeta un regard et sourit.

« Allez, compagnon. Visiblement, j'ai des choses à t'apprendre. »

Vu le sourire coquin qu'elle avait au visage quand elle me prit par la main pour me conduire jusqu'à la cabine, ses paroles étaient à double sens.

Une fois dans le couloir, loin des autres – et des jeunes oreilles innocentes –, je m'arrêtai, et elle se tourna vers moi. Je me penchai et lui caressai la joue.

« Qu'est-ce que tu as à m'apprendre ? »

Ma voix était grave, mon ton animal. Je pensais à toutes les choses que j'avais envie de lui apprendre, nus tous les deux. Au lit. Contre le mur. Dans la baignoire... Ma bête se réveilla et elle aussi eut envie de connaître la réponse.

Kira continua de sourire.

« C'est moi l'instructrice de l'Académie, ici. J'ai beau ne pas vouloir d'enfants tout de suite, il faut qu'on s'entraîne. »

Mon sexe se réveilla également en entendant ces mots. Oh, que oui, on allait s'entraîner.

« Je vais t'apprendre les traditions terriennes, reprit-elle.

— Quel genre de traditions ? »

Ses yeux s'assombrirent, elle se mit à rougir, et je sus que ce qu'elle allait dire me plairait.

« Tu as déjà entendu parler de la levrette ? »

Elle me mordit le bout du doigt, puis le suça dans une imitation de ce qu'elle m'avait déjà fait plusieurs fois.

« Non. Qu'est-ce que c'est ?

— L'une des nombreuses positions que les terriennes apprécient. »

Ma bête gronda, incontrôlable.

« Il y en a d'autres ?

— Oh, oui. »

Je me penchai davantage sur elle.

« Tant que je suis en toi, je serai un élève modèle. »

Elle me prit par la main et me traîna derrière elle dans le couloir. Je la laissai me guider, car où qu'elle aille, je la suivrais. Pour toujours.

Mienne.

Pour une fois, ma bête et moi étions parfaitement d'accord.

———

Lisez Cyborg Rebelle ensuite!

Il la conquiert, corps et âme.

Makarios de Kronos est un rebelle, un contrebandier qui ne répond aux ordres de personne, pas même ceux de Rebelle 5. Mais une trahison le conduit vers les prisons de la Coalition, et un destin pire que la mort : il est capturé par la Ruche. Il s'échappe, mais troque une prison pour une autre. Il vit désormais sur la Colonie, contaminé et perçu comme une menace. Il est prêt à n'importe quoi pour recouvrer la liberté, y compris accepter de négocier avec une guerrière magnifique, rusée et avec de nombreux secrets.

Gwendoline Fernandez s'est portée volontaire pour défendre la Terre face à la menace que représente la Ruche. Pendant quatre ans, elle a été un membre estimé de l'équipe de Reconnaissance de la Coalition, jusqu'à ce que la Ruche la rattrape, et qu'une drôle de créature Nexus s'intéresse personnellement à son intégration.

Gwen s'est échappée grâce à sa force surhumaine et une détermination à survivre impossible à briser, jusqu'à ce que le gouverneur de la Colonie lui ordonne de se choisir un compagnon. Passer un accord avec Makarios lui semble tellement simple, jusqu'à ce qu'il la conquière comme son âme et son corps ne l'ont jamais été. Mais le Nexus de la Ruche la veut pour lui, et il refuse qu'on lui dise non.

Lisez Cyborg Rebelle ensuite!

OUVRAGES DE GRACE GOODWIN

Cyborg Rebelle

ALSO BY GRACE GOODWIN

Cyborg Seduction

Her Cyborg Beast

Cyborg Fever

Rogue Cyborg

Cyborg's Secret Baby

Her Cyborg Warriors

Interstellar Brides® Program: The Virgins

The Alien's Mate

His Virgin Mate

Claiming His Virgin

His Virgin Bride

His Virgin Princess

Interstellar Brides® Program: Ascension Saga

Ascension Saga, book 1

Ascension Saga, book 2

Ascension Saga, book 3

Trinity: Ascension Saga - Volume 1

Ascension Saga, book 4

Ascension Saga, book 5

Ascension Saga, book 6

Faith: Ascension Saga - Volume 2

Ascension Saga, book 7

Ascension Saga, book 8

Ascension Saga, book 9

Destiny: Ascension Saga - Volume 3

CONTACTER GRACE GOODWIN

Vous pouvez contacter Grace Goodwin via son site internet, sa page Facebook, son compte Twitter, et son profil Goodreads via les liens suivants :

Abonnez-vous à ma liste de lecteurs VIP français ici :
bit.ly/GraceGoodwinFrance

Web :
https://gracegoodwin.com

Facebook :
https://www.visagebook.com/profile.php?id=100011365683986

Twitter :
https://twitter.com/luvgracegoodwin

Goodreads :
https://www.goodreads.com/author/show/15037285.Grace_Goodwin

Vous souhaitez rejoindre mon Équipe de Science-Fiction pas si secrète que ça ? Des extraits, des premières de couverture et un aperçu du contenu en avant-première. Rejoignez le groupe Facebook et partagez des photos et des infos sympas (en anglais). INSCRIVEZ-VOUS ici :

http://bit.ly/SciFiSquad

À PROPOS DE GRACE

Grace Goodwin est journaliste à USA Today, mais c'est aussi une auteure de science-fiction et de romance paranormale reconnue mondialement, avec plus d'un MILLION de livres vendus. Les livres de Grace sont disponibles dans le monde entier dans de nombreuses langues en ebook, en livre relié ou encore sur les applications de lecture. Ce sont deux meilleures amies, l'une qui utilise la partie gauche de son cerveau et l'autre qui utilise la partie droite, qui constituent le duo d'écriture récompensé qu'est Grace Goodwin. Toutes les deux mamans, elles adorent faire des escape games, lire énormément, et défendre vaillamment leurs boissons chaudes préférées. (Apparemment, elles se disputent tous les jours pour savoir ce qui est le meilleur : le thé ou le café?) Grace adore recevoir des commentaires de ses lecteurs.

Lightning Source UK Ltd.
Milton Keynes UK
UKHW021050221121
394392UK00003B/203